보步로써 보保하다

보로써 보하다

초판 발행 | 2024년 4월 10일
지은이 | 피희열 외
발행인 | 신중현
펴낸곳 | 도서출판 학이사
　　　　출판등록 : 제25100-2005-28호
　　　　주소 : 대구광역시 달서구 문화회관11안길 22-1(장동)
　　　　전화 : (053) 554~3431, 3432
　　　　팩스 : (053) 554~3433
　　　　홈페이지 : http : // www.학이사.kr
　　　　이메일 : hes3431@naver.com

ISBN _ 979-11-5854-499-7　03800

보

피희열 외 지음

보

흙으로 保하다

學而思|학이사

문학의 거리에서

ChatGPT의 등장은 혁신을 가속화하고 있습니다. 지금으로서는 당장 5년 뒤에 어떤 직업이 어떻게 사라져 있을지조차 가늠하기가 어려워졌으니까요. 그만큼 기술은 눈부신 발전을 이루었지만, 인간은 오히려 퇴보하고 있는 게 아닌가 하는 의구심을 떨쳐낼 수가 없습니다. 이제는 유튜브 영상도 모자라서 급기야 책 판형에 이르기까지 어느 정도 숏폼화가 이루어져야지만 간신히 보이고 읽히는 세상이 되어버렸으니까요. 이쯤 되면 인공지능이 불러온 혁신은 정작 인간의 퇴보만 더 가속화시키고 있는 걸지도 모르겠습니다. 알고리즘은 조물주인 인간의 마음을 잘도 읽어내는데, 그 어려운 걸 용케도 잘 만들어 낸 인간은 좀처럼 진득하니 앉아서 읽지를 못하는 그런 세상이 되어버렸으니까요.

기계에 대체되지 않는 인간이 될 것인가, 누구보다 기계를 잘 다루는 인간이 될 것인가는 현시점 전 인류가 부여받은 공통 질문이라 해도 과언이 아닙니다. 인간화와 탈인간화 중에 나는 과연 어디로, 저마다 중대한 기로에 서 있습니다. 좀 더 인간다운 인간이 될 것인가, 기계에 가까운 인간이 될 것인가? 저는 결국 여태 해 오던 대로 기계를 좇기보다는 꾹꾹 눌러쓴 활자의 그림자를 따라 가보기로 했습니다. 활자로 회귀하는 귀한 길을 따라가다 보면 길은 반드시 또 다른 길을 열어줄 테고, 꽃은 그렇게 우리가 궁금해하던 그 길에만 피게 될 테니까요. 『보로써 보하다』는 곧 두 발로 사유하는 철학, 저는 책을 담보로 또 다른 걸음을 힘차게 내디뎌 보겠습니다.

난생처음 서평을 그것도 두 편이나 쓰면서 이제는 문학, 비문학 간의 거리를 조금은 알 것도 같습니다만,

그럼에도 역시나 문학은 어디에나 있다는 제 생각에는 변함이 없습니다. 그러니 고전이니 현대니, 문학이니 비문학이니, 가릴 것 없이 그저 많이 읽으며 생각하고 느끼면 됩니다. 다행히 우리 곁에는 "노인이 되려고 한 번도 노력한 적 없었지만 나는 노인이 되었다."라고 말하는 진짜 어른이 계시고, 그분은 지금도 여전히 한 권의 책을 읽고 나면 나는 마치 지난주의 내가 아닌 착각이 든대도 책으로 노는 삶은 참 좋은 거라고 말씀하시니까요. 극강의 효율을 중시하는 제가 아무리 생각해 봐도 쓰면 쓸수록 버는 길은 책 밖에는 없습니다.

이제 와 돌이켜 보니 제가 그토록 좋아했던 건 어쩌면 문학이 아닌 문학적인 그 모든 것이었을지도 모르겠습니다만 이제는 그마저도 좋아져 버렸으니, 이를 어찌하면 좋을까요?

아울러 서평이 여느 글과 다른 점은 이 정도면 될까 하는 유혹이 자주 찾아온다는 점인데, 끝까지 완주해 주신 동기 여러분들 수고 많으셨습니다. 진심으로 감사드립니다. 모처럼 찾아온 어른의 숙제는 비록 끝이

났지만, 아무쪼록 지금처럼 읽고 쓰기를 멈추지는 않으셨으면 합니다. 책을 보지 않는다면 자신의 무지를 깨닫기는커녕, 언감생심 "그러려니라고 말할 수 있는 노인이 되는" 건 꿈도 꾸지 못할 테니까요.

끝나지 않을 것만 같던 이야기는 이미 시작되었고
우린 빈 종이 맨 앞줄에 서있지
Zion.T -〈Happy End〉(2023)

그러니 내일도 빈 종이 앞에 다시 서보는 겁니다. 노인이 되려고 한 번도 노력한 적 없는 사람도 결국에는 노인이 되고야 말 테니까요.

2024년 3월
학이사독서아카데미 9기
회장 피희열

비문학

나에게 책은

책은 발자국이다.

혼적 없이는 걸을 방법이 없다.
책을 읽는 것도 결국 내게 자국을 새기는 일.
지우면 지운 자국까지 짙어지는. - 구승희

책은 문(門)이다.

문 너머에 무엇이 있는지, 열기 전에는 알 수 없다. 비바람이 몰
아치는 황량한 벌판이 있을 수도 있고, 매화향이 가득한 아늑
한 정원이 있을지도 모른다. 내가 살아온 혼적들도 그러하다.
하나의 문을 열고, 닫고 또 다른 문을 열고. 늘 새로움을 꿈꾸는
내게 책은 삶의 문(門)과 같다. 알지 못하는 세상으로 열리는
문. - 김영도

책은 색채이다.

다채로운 이야기로 가득하고,
다양한 생각들을 마주하게 한다. - 김용주

책은 창조다.

내 온 마음을 풍덩 던진다 책에.
책은 나를 다시 창조한다. - 나진영

책은 산이다.

읽기 전에는 설레면서 어떨지 궁금하고, 읽는 중에는 온갖 경
험을 하면서 여러 감정이 생기고, 다 읽고 나면 세상을 다 가진
것 같고 성취감을 주기 때문이다. - 배정애

책은 마음을 달래주는 쉼터이다.

책이 들려주는 이야기와 책 속 등장인물이 들려주는 이야기를 통해 어떨 때는 안정을 찾고 어떨 때는 위로를 받는다. 그 안정과 위로로 때로는 마음을 치유한다. 책이라는 쉼터에서 큰 숨을 들이마시며 오늘도 나는 책을 읽는다. - 윤미영

책은 자식이다.

만나기 전에는 궁금하고 만나고 나면 반갑다. 함께하면 설레고, 웃고, 행복하고 때로는 눈물을 흘리게도 한다. 그 순간이 모여 나를 성장시키고 어른이 된다. 시간이 지나 멀어질 때가 오면 담담히 받아들여야 한다. 하지만, 멀어지더라도 눈감고 떠올리면 그리움과 이야기로 행복해질 것이다. - 이원주

책은 시시콜콜 잔소리꾼이다.

어른이 돼서 부모님 잔소리가 그리울 때쯤 책은 천방지축으로 살고 있는 나를 가만히 의자에 불러 앉혔다. 그러고는 이리 살아라 저리 살아라 부모님 대신 잔소리를 늘어놓기 시작했다. 나는 부모님 잔소리를 들을 때처럼 뻗대지는 않고 가만히 듣고 앉았다. - 이정인

책은 알람이다.

일상의 여러 가지 일들로 항상 쳇바퀴를 돌고 있는 내 뇌에 세상에는 이런 일도 있고, 이런 생각을 하고 있는 사람도 있다고 알려주는 띵동! 될 수 있으면 모르고 싶은 불편한 진실도 알아야만 한다고 일깨워주는 빠빠 빠빠빠빠! 몸도 마음도 너무 힘드니 지금은 위로의 글을 읽으며 쉬라고 배려해 주는 띠리리링! 이다. - 이종옥

책은 이팔청춘이다.

꽃다운 청춘의 열정과 순수함을 간직하고 싶어서. - 정병춘

책은 내가 어떻게 살아야 하는지를 물어보게 하는 것이다.

남의 생각을 빌려 나의 생각으로 만들어 나가는 과정이 곧 나를 찾아가는 답이 될 테니까.

내가 어떻게 살아야 하는지를 자꾸 물어보게 하고 알게 된 걸 지키며 살아가게 해 주는 고마운 책. - 주연아

책은 나 자신이다.

책, 그 안에는 낯선 내가 있어 비로소 나를 돌아보게 하니까.

문제는 다만 그게 대체로 못난 나라는 점이긴 하지만서도.

하여 내게 독서란 주로 못난 나를 바라보는 일이다.

그런 나를 마주해서라도 한 발 더 나아가는 길. - 피희열

책은 나만의 캠핑카(Motor Home)다.

얼마 전 코로나 때, 5년간의 전원생활을 정리하고 선택한 캠핑카를 타고, 집사람과 국내 여행을 다녔다.

울산 간절곶을 시작으로 동해, 서해, 남해 등 다니는 곳마다 느껴지는 저마다의 매력은, 다양한 책만큼이나 다채로웠다. 나에게 책은 내가 가고 싶은 곳 어디든 여행 할 수 있는, 나만의 캠핑카다. - 홍종인

문학

소년이여 평화가 되어라

「동급생」
프레드 울만, 황보석 옮김
열린책들

구승희

한 남자가 있다. 그의 집안은 대대로 독일 남서부 슈투트가르트 지역에서 살아왔다. 직업은 의사이고 결혼하여 아들을 하나 두고 있다. 그는 예술을, 특히 독일 음악가와 시인의 작품들을 사랑한다. 또한 1차 세계대전에 독일군으로 참전하여 철십자 훈장과 1등 무공 훈장을 수여받은 투철한 애국자이기도 하다. 말하자면 '뼛속까지 독일인' 인 것이다. 그런 그에게는 '유대인의 피' 가 흐른다.

그의 아들 한스는 어느 날 새로 전학 온 콘라딘 폰 호엔펠스를 만나게 된다. 유서 깊은 백작 가문 아들이

자 '신처럼 잘생기고 매력적인' 소년 콘라딘과는 학급의 모든 아이들이 친해지고 싶어 했다. 하지만 결국 한스만이 유일한 친구가 된다. 두 소년은 매일 함께 다녔으며 철학과 우주, 신에 대해 이야기했고 각자 수집한 옛날 동전을 보여주기도 하면서 서서히 단짝이 되어갔다. 선생님들마저 어려워하는 콘라딘의 화려한 배경이 때때로 한스를 주눅 들게 하기도 했지만 진정으로 서로를 사랑한 소년들의 우정은 차곡차곡 쌓여갔다.

하지만 16살 두 소년이 만난 시기가 하필 1932년이라는 점에서 이미 비극은 예견되어 있었다. 1차 세계대전 이후 나치당 세력이 독일 전역으로 확장된 정점으로 마침내 1933년 히틀러 치하 나치 독일이 시작되기 직전. 평범했던 독일인들마저 유대인 혐오 정서에 물들어 간 시점. 쉽게 짐작할 수 있듯 '독일 귀족 중의 귀족' 콘라딘과 '뼛속까지 독일인' 집안이지만 '유대인의 피'가 흐르는 한스의 우정은 나치 하켄크로이츠 깃발 아래 비극적 종말을 맞는다.

『동급생』은 독일계 유대인 출신 작가이자 화가이며

변호사인 프레드 울만이 쓴 중편소설이다. 작가의 출신이나 직업 등이 여러모로 주인공 한스와 닮은 점이 있지만 자전적 소설은 아니다. 그러나 여러 가지 면에서 작가 자신의 모습을 투영하였으리라 짐작해 볼 수 있다. 독일 슈투트가르트에서 태어나 자란 유대인이라는 점, 히틀러가 집권한 1933년 독일을 떠났다는 점, 후에 변호사로 살았다는 점 등이 그러하다.

화가 겸 작가라는 저자의 특별한 이력은 소설 속 장면에서도 느낄 수 있다. 작품이 전체적으로 간결하고 빠르게 전개되는 데 반해 전반부 어떤 장면들은 매우 서정적이면서도 세밀하게 묘사되어 있기 때문이다. 특히 소년들의 우정과 그들을 둘러싼 자연을 묘사한 장면은 마치 한 폭의 유화작품처럼 생생하고 아름답다. 그리고 그것은 대조적으로 후에 다가올 일들을 더욱 비극적으로 보이게 하는 요소가 되기도 한다.

한스는 때때로 먼발치에서 어떤 비극을 바라보면, 그것이 단순한 '숫자'나 '정보'처럼 보이기도 한다고 말한다. 그래서 '황하가 범람해 백만 명의 사람들이 죽었다' 는 이야기를 읽었을 때 그저 추상적인 숫자, 정보로만 받아들였다. 하지만 이웃집 아이들이 화재로 죽은 일을 목격한 후에는 신의 존재까지도 의심하게 된다. 그리고 곧이어 한스와 가족들은 인류 최대 비극의 주인공이 되고 만다.

나치에 의해 자행된 유대인 홀로코스트를 바라보는 내 시선 또한 한스가 이야기한 것처럼 먼발치에서 비극을 바라보는 것과 다르지 않다. 당시 학살된 인원이 1,100만 명이고 그중 유대인이 600만 명이었다는 점이나 그것은 당시 유럽 거주 유대인의 2/3였다는 사실은 내겐 그저 추상적 숫자처럼 느껴지기도 했다. 하지만 한스의 비극, 그 비극이 덮친 두 소년의 우정 이야기 앞에서 이 숫자는 비로소 실체를 갖게 된다.

이 책을 읽는 2024년 우리는 소설 속 시점 이후 유대인이 나치로부터 대학살을 겪은 일과 그 후 팔레스타인 지역에 유대인 국가 이스라엘을 건국했음을 알고 있다. 그리고 그 이스라엘이 지금 이 시간에도 팔레스타인과 전쟁 하고 있다는 것까지. 이미 역사가 된 수십

년의 시간 속에서 여러 주체들이 입장이 바뀌어 가해자와 피해자가 뒤엉키고 가치를 판단하기 어려운 혼돈 속에서 현재가 이어지고 있는 것이다. 다만 확실한 것은 어느 시대든 '폭력'은 그 시대 소년들을 절망으로 내몰았다는 것, 그리고 수많은 아이들이 여전히 같은 비극 속에서 살고 있다는 점이다.

한 가지 아쉬운 것은 책 뒤표지 홍보문구이다. '필독도서', '추천도서', '충격과 감동'이라는 꽤 묵직한 단어들이 책에 대한 진입장벽을 높인다 생각하기 때문이다. 제목 또한 원문 그대로 '동창회(Reunion)'였으면 어땠을까 하는 생각도 든다. 소년들이 그저 '동급생'이 아니기에 원제목이 농축도가 진하게 느껴진다.

하지만 이 낮은 허들만 넘고 책 속으로 들어간다면, 100여 년 전 아름다운 독일 남서부에서 평화롭게 살았던 소년들을 만난다면, 그 소년들의 삶을 따라가 본다면, 그리고 결말에 이르러 결국 그들과 동창회를 해 본다면, 시공간을 거슬러 내게 말을 거는 그들을 만나게 될지도 모르겠다. 나치 시대는 이미 오래전에 지나갔음에도 여전히 혐오와 갈등이 사람을 덮치고 있는 지금 세상, 그곳에서 과연 당신은 잘 살아가고 있는 거냐고.

어쩌면 당신의 이야기

『엄마는 사십사 살』
이성화
한국산문

김영도

누구에게나 사십사 살은 있다. 이미 지난 사람이든, 아직 미치지 못한 사람이든 한 번은 거쳐야 하는 나이 44세. 세월이 유수와 같다는 말처럼 시간의 강은 흘러가지만, 때로는 소용돌이치기도 하고, 간간이 커다란 바위에 부딪혀 방향이 바뀌기도 한다. 평균수명이 길어져 백세시대가 된 지금 사십사 살이라는 나이는 인생의 중간쯤이 될 터이다. 한 번쯤 살아온 날을 되돌아보고 살아갈 날의 모습을 가늠해 보는 나이라고나 할까. 문법상으로는 마흔네 살이거나 사십사 세가 맞는 표현인데, 제목을 굳이 사십사 살이라고 쓴 것부터 눈길을 끌었다.

『엄마는 사십사 살』은 41편의 글이 6부로 나뉘어져 있는 수필집이다. 두리번두리번, 대롱대롱, 고시랑고시랑, 아등바등, 콩당콩당, 속살속살. 소제목도 어찌나 맛깔스러운지 알록달록한 마카롱을 집어 먹듯 야금야금 책장을 넘겼다.

작가는 서문에서 "IMF 시기에 취업해서 결혼 생활과 육아로 정신없었던 시간을 보내고 잠시 숨 고를 틈도 없이 맞은 40대의 헛헛한 마음을 글을 쓰며 채워갔다. 가슴 깊이 묻어 두었던 아픈 이야기도 꺼내어 스스로 치유할 수 있었고, 애써 외면했던 미운 마음도 털어놓고 위로받았다. 그런 과정에서 어쩌면 조금 더 나은 사람이 되었는지도 모르겠다."고 고백한다.

수필이 자신의 이야기를 적는 글이라지만, 알지 못하는 사람의 인생사만 구구절절하게 펼쳐진다면, 지루함의 늪에 빠져 몇 장 넘기다가 덮고 말 것이다. 이 책은 265쪽을 멈추지 않고 단숨에 읽게 만드는 매력이 있다. 스치고 지나가는 일상생활의 작은 것들에서 글감을 찾아내고 사유를 담아내는 글맵시가 뛰어나다. 누구에게나 있을 법한 이야기를 문학으로 승화시키기 위해서는 섬세한 관찰력과 풍부한 상상력이 필요하다. 주변을, 삶을 관심과 애정의 눈으로 바라봐야 공감할 수 있고 독자에게 감동을 전달할 수 있다.

책날개에 있는 작가의 사진은 얼핏 보면 어려 보이지만, 살포시 올라간 입매와 강단 있어 보이는 눈매에서 웅숭깊은 내면이 보인다. 그러하기에 서태지의 노래를 끌고 와 분단된 나라에서 살고 있는 젊은이의 갑갑한 현실을 이야기하고, 막장 드라마 〈부부의 세계〉를 보면서 진화심리학의 친자 확률 이론을 떠올릴 수 있었겠지.

제목인 사십사 살에 대한 의문을 책 속에서 풀었다. 작가의 막둥이 아들이 일곱 살 때 "엄마는 몇 살이야?"라고 물었다. 제법 숫자를 잘 세긴 했지만 마흔넷은 모를 것 같아 "엄마는 사십사"라고 답해줬단다. 그러면서 작가의 교육관을 어렴풋이 드러낸다.

나이를 말할 땐 44세, 혹은 마흔네 살이라고 알려 줘야 겠지만 나는 굳이 가르쳐 주지 않았다. 그냥 내버려 둬도 자연스레 알게 될 날이 곧 다가올 테다. 그거 하나 늦게 알게 된다고 아이의 인생이 크게 뒤떨어지지 않을 거라는 게 내 어설픈 교육관이다. 앞니 빠진 발음으로 내놓는 귀여운 말이 뿜어 대는 행복을 누리는 건 지금뿐, 이 시기를 지나면 다시 경험할 수 없는 일이니 말이다.

- p. 75

글을 한 편 한 편 읽어가면서 사진과 또 다른 작가의 모습이 그려진다. 세 자녀의 엄마이며, 늦깎이 대학생이 되어 문예창작학과를 졸업하고 2017년에 수필가로 등단한 평범하지 않은 아줌마의 의연한 모습으로.

작가가 이 책을 발간하기까지의 여정은 녹록지 않았다. 어쩌면 한여름에 함박눈을 기다리는 것처럼 터무니없는 꿈이었을지도 모른다.

초등학교 3학년 때 작가가 되고 싶다고 말하는 딸에게 "온종일 쭈그리고 앉아 팔 아프게 원고지만 죽내 봐야 굶어 죽기 딱 좋은 직업"이라는 엄마의 만류에 첫 좌절을 하고, 아버지의 강권으로 상업고등학교에 진학했지만, 아버지 몰래 수능을 쳐서 전문대에 입학한다. 어렵게 졸업한 후 어설픈 직장인이 되었지만, 마음에 품은 꿈을 놓지 못하고 드라마 작가 교육원에 들어간다. 굶어 죽기 딱 좋은 직업이 되지 않기 위해서는 순수문학보다 드라마가 맞을 것 같았으니까. 하지만 그 길이라고 쉬웠을까. 굶으며 글만 쓸 수 없으니 문화센터 보따리 강사를 시작하고, 손수 만든 물건으로 좌판도 벌이고 이런저런 아르바이트를 하며 20대를 쫓기듯 공부하고 일하면서 보냈다.

20대의 끄트머리에서 남편을 만나 결혼을 한다. 결혼을 결심한 이유도 천상 글쟁이답다. '드라마 작가는 결혼하면 좋더라, 이혼하면 더 좋고, 재혼하면 더 좋다'라는 드라마 작가 교육원 강사들의 부추김 때문이었다니 결과와 무관하게 낭만적인 결심이다. 이후에 세 아이의 출산과 육아, 남편과 함께한 사업의 실패 등으로 또 쫓기는 시간을 보낸다. 틈틈이 글을 쓰고 공부했지만, 드라마 공모에는 매번 떨어지니 좌절의 시간은 이어진다.

작가의 표현을 빌리자면 '운명적으로' 서울디지털대학교 문예창작학과에 들어가서 수필의 세계에 발을 들여놓는다. 함께 공부한 수필작가들과 동인지 일곱 권을 펴내고 드디어 자신의 이름을 건 첫 수필집을 출간했으니 얼마나 뿌듯하고 스스로가 대견했을까.

글 쓰는 일을 그리도 말리던 엄마가 돌아가시기 한 달 전쯤 병실에 누워 동인지에 나온 내 글을 보며 "그렇게 좋아하는 일을 반대해서 미안했다." 하고 손을 잡아 주셨다. 무겁게 심장을 짓누르던 뭔가가 떨어져 나가고 숨쉬기가 수월해진 기분이었다.

내 삶에 있어 '작가'라는 꿈은 너무도 간절한 바람이었다. 그런데도 이루어지지 않아 힘들었고, 잡히지 않아 절망했었다. 포기하려 할 때마다 뭐라도 써서 토해 내지 않으면 죽을 것 같아 다시 움켜쥐어야 했던 삶의 이유였다. '수필가'로 등단하고 잡지에 내 글이 실리고 동인지도 나오면서 나는 '작가님'이라는 호칭을 들었다. 그렇지만 '글값'으로 생계유지가 되는 프로작가가 되길 원했기에 허기를 채울 수 없어 목말랐다.

- p. 203

굶어 죽기 딱 좋은 작가가 되었지만, "엄마, 나는 엄마 존경해. 다른 것도 그렇지만 무엇보다 지금 나이에 엄마 하고 싶은 거 하려고 공부하고 작가가 된 거잖아. 그게 제일 존경스러워."라고 말해주는 딸이 있고, 아르코 문학창작 기금 선정 작가가 되어 거금 천만 원을 받아 수필집을 내었으니 곧 글값으로 생계유지가 되는 유명 작가가 되기를 응원한다.

작가가 수업 시간에 들었다는 김지영 교수의 말이 머리에 맴돈다.

불완전함은 결함이 아닙니다. 우리 모두 불완전한 존재라는 것은 있는 그대로의 사실일 뿐입니다. 자신의 모습을 있는 그대로 받아들이는 연습을 해 보세요. 자신의 부족한

면을 인정하고 사랑해 보세요. 잘하는 면을 인정하고 자신이 가치 있는 존재라고 스스로 받아들여 보세요.

어쩌면 이 글에 실린 이야기들은 삶의 바다에서 불완전한 존재로 흔들리고 방황하는 나, 그리고 당신의 이야기가 아닐까.

이 책을 권하고 싶은 대상을 작가의 말에서 찾아본다.

또 다른 사십사 살 엄마에게 공감의 한숨으로 위안이 되길, 그 시기를 지나온 엄마에게는 추억의 미소로 위로가 되길 바란다. 그런 엄마를 가진 모든 이들이 한 번쯤 고개 끄덕여 주길 바라는 욕심도 부려 본다.

- '작가의 말' 중에서

선생님, 그립고 보고 싶습니다

『바쁘고 바쁘다』
이용숙, 조아연 그림
청개구리

김용주

연분홍 치마 입은 진달래가 꼬드겨서

꽃샘바람 매워도 망설이다 나왔더니

지난해 따 먹던 자두

꽃 피우기 바쁘다

아이들은 아이들대로 논다고 바쁘고

꽃들은 나름대로 꽃 피우기 바쁘고

제비꽃 은행나무 따라

키 크고 싶어 바쁘다

- 「바쁘고 바쁘다」 전문

선생님, 닷새 동안 겨울비가 세차게 내립니다. 문득 먼 길 떠나신 선생님 생각이 떠올라 책꽂이 한편에 꽂아둔 동시조집 『바쁘고 바쁘다』를 꺼내 다시 읽어봅니다. 천상에도 세차게 비가 내리는지요. 아니면 살랑살랑 봄바람이 불어오는지요.

시간이 지나면 따스한 봄날이 오겠지요? 연분홍 진달래가 꽃샘바람에 망설이다 지난해 따 먹던 자두도 꽃 피우고, 그 꽃그늘 아래 아이들이 뛰어논다고 바쁘고, 보랏빛 제비꽃도 은행나무도 키 크려고 바쁘다고, 꼼꼼한 눈길로 바라보시며 자연을 노래하셨지요.

42년 동안 초등학교에서 근무하시면서 모범공무원상도 받으시고, 2007년 《수필과 비평》, 2011년 《시조세계》로 등단하신 이후, 한국의 정형시 시조의 활성화를 위해 우리나라 새싹들에게 동시조 쓰기 운동을 펼치시고, 영재교육원에서 글쓰기를 지도하셨던 그 모습이 제게는 아직도 생생합니다.

꽃과 나무, 풀 한 포기까지도 친구로 삼는 어린이의 따뜻한 마음을 배우라고 말씀하셨고, 동시조집 『바쁘고 바쁘다』'시인의 말'에 "떼쓰면서 울어도 더 예쁜 세상의 모든 어린이가 재미있게 읽었으면 좋겠다."라고 소박한 마음을 밝힌 그 글귀가 오늘따라 더 먹먹해집니다.

선생님과 처음 인연을 맺은 게 벌써 13년이 흘렀습니다. 2011년 신인상 등단 자리에서 처음 인사를 나눴지요. 경북 경산에서 태어나 경주에서 자라고, 대구에서 작품활동을 하신다면서 따뜻한 말로 격려해 주신 그 말씀은 힘들고 어려울 때 항상 힘이 되었습니다.

2023년 11월 15일, 선생님은 한 줌의 재가 되어 영면에 드셨습니다. 힘든 병을 떨쳐내지 못하고 어린이의 마음이 되어 떠나셨습니다. 이제는 고통과 눈물이 없는 자유로운 영혼으로 이 세상을 지켜보실 선생님이 벌써 보고 싶어집니다.

선생님이 떠나신 5일째 되던 날 형부한테서 문자가 왔습니다.

"한 줌 재가 되어 영면에 드는 모습을 보며 옆자리에 들 때를 생각했습니다. 퇴직 후 10년, 휠체어와 6년 남

짓, 제게 가장 큰 행복한 시간이었습니다." 라고.
저는 또 한 번 가슴이 먹먹했습니다.

걸리버 한 손바닥/ 고 작은 텃밭에서

다리 어깨 부딪혀도/ 불평불만 하나 없고

홑이불/ 한 장 없어도/ 군말 없이 살아요

고춧대 세워 둔 곳/ 메꽃이 먼저 감고

상추보다 풀씨 먼저/ 쏙 나와 까불어도

한 가족/ 서로 보듬고/ 다독다독 살아요

- 「텃밭 식구」 전문

그 작은 텃밭에 부딪히고 부딪혀도 불만 하나 없이
옹기종기 모여 앉아 서로서로 보듬고 다독거리며 살아

가는 '텃밭 식구'들의 삶이 우리들의 삶과 별다를 게 뭐 있겠습니까? 빗소리를 들으며 소리 내어 읽어보았습니다.

선생님, 새봄이 오면 언제나 선생님과 함께했던 그 길을 걷고 싶습니다. 세상을 온통 연녹색으로 물들이는 봄, 일 년을 시작한다는 의미도 있을 겁니다. 학교는 새 학기로 바쁘고, 농부는 씨앗을 뿌리느라고 바쁘겠지요. 이제 선생님이 떠난 빈 운동장에도 생동감이 넘치는 아이들 웃음소리가 가득 찰 것입니다. 그 소리가 선생님이 계신 그 먼 곳까지 들렸으면 좋겠습니다.

선생님~~ 세찬 빗소리가 어느덧 잦아들었습니다.

또 봄소식 전하겠습니다.

오월 장미꽃을 기다리는 시인, 정도영

『장미 주소로 오세요』
정도영
교음사

김용주

정도영 시인이 첫 시조집 『장미 주소로 오세요』를 상재했다. 문단 등단 후 15년 만에 선보이는 처녀 시조집이다. 경남 산청에서 태어나 진주교육대학교를 졸업하고, 초등교사로 33년을 재직한 후 2016년 명예퇴직하였다.

2009년 《시조세계》 신인상을 통해 문단 활동을 시작했으며, 2019년 '한국여성문학대전' 시조 부문 최우수상을 수상하면서 시인의 역량을 발휘했다.

정도영 시인은 초등학교에 재직하면서 어린이들을 위해 시조 창작을 지도하고, 인성 함양을 위해 다도茶道

를 가르치면서 어린이 정서 교육과 인성 교육 등을 행동으로 실천한 시인이다. 현재도 창원에서 다도 교실을 운영하면서 차의 대중화를 위해 가장 애쓰는 차인이다.

시조집 『장미 주소로 오세요』는 총 5부로 구성되었다. 제1부 '하늘 바란 키 높이기', 제2부 '장미 주소로 오세요', 제3부 '할미다 내가 할미다', 제4부 '목련 아침', 제5부 '떠나온 지구 반대편' 등 시인의 절절한 목소리가 담긴 104편의 시조가 독자와의 소통을 기다리고 있다.

특히 표제작 「장미 주소로 오세요」는 제목으로 와닿는 이미지는 화려하고 야한 느낌이 들었다. 하지만 시조집을 펼쳐 읽으면 온통 그리움이 물들어 있는 시편을 만나게 된다. 세상에서 제일 사랑하고 의지했던 남편과 헤어진 이야기 등은 읽는 이의 가슴에 절절하게 와닿는다.

아무리 기다려도 오지 않는 단 한 사람//

오월 장미 담장이면 찾기 쉬운 집이라며//

다듬어 붉게 키워낸 송이들이 불타는데//

사거리 장미 넝쿨 긴 담장은 북두칠성//

처음 오는 사람조차 단걸음에 찾는 집을//

홀연히 떠나 놓고선 찾아오지 못하는 이//

꽃잎 따서 입에 무는 세 살배기 외손녀//

낯설어 모르실까 안아 올려 볼 부비니//

선연히 찾아오세요, 우리 둥지 장미 주소로

- 「장미 주소로 오세요」 전문

일반적으로 꽃을 바라보는 마음은 즐겁고 무안한 행복감에 젖어든다. 그러나 정도영 시인이 바라보는 꽃은, 아니 은유하는 장미꽃은 이 시조의 도입부터 한 사람을 애타게 기다리는 마음을 드러낸다. "아무리 기다려도 오지 않는 단 한 사람", 그 사람이 행여 집을 못 찾아올까 봐 제일 찾기 쉽게 장미를 키운다. "처음 오는 사람조차 단걸음에 찾는 집을", 찾아오는데 왜 당신은 "홀연히 떠나 놓고선 찾아오지 못하는"가 하고 그리움이 섞인 어조로 원망한다. 그러면서 행여 자식 걱정에 이·저승의 경계를 서성이면서 집에 찾아오면 낯설어할까 봐 "꽃잎 따서 입에 무는 세 살배기 외손녀"를 번쩍 "안아 올려 볼"을 부빈다고 말한다. 5월 장미로 가득한 이 집에 당신이 보지 못한 외손녀를 등장시킴으로써 당신이 떠난 자리를 잘 지키며 살고 있다는 안부를 전한다. 그러니 언제든지 "선연히 찾아오세요, 우리 둥지 장미 주소로" 마무리한다. 아직도 나는 당신을 기다리고 있으니 언제든지 찾아오라는 메시지가 담긴 진한 사부곡이다.

유난히 맑은 어느 가을날, 정도영 시인에게서 전화가 걸려 왔다.

2023년 11월 18일 출판기념회 때 「독도 예찬」의 작품을 낭송해 달라는 부탁이었다. 18수로 된 연시조 작품으로 장시조에 속한다. 출판기념회 때 낭송하기에는 어울리지 않는 작품인 것 같아 "왜, 「독도 예찬」을 낭송해야 하는 이유라도 있나요?"라고 묻자, 정 시인은 "다른 작품보다 더 많은 시간을 투자하고 퇴고한 작품으로 그 어느 작품보다 애정이 가는 작품"이라고 했다. 그러면서 "꼭 낭송해 줬으면 좋겠"다고 했다.

사실 「독도 예찬」은 긴 호흡이 필요한 시조이다. '1. 가며'는 5수로 되어 있고, '2. 가서'는 7수, '3. 오며'는 6수로 총 18수로 구성된 작품이다. 이 작품을 읽으면서 정도영 시인이 낭송해 달라고 한 이유를 어렴풋이 이해하게 되었다. 정 시인의 작품을 통해 그녀의 꼼꼼한 성격과 관찰력을 행간을 통해 읽을 수 있었고, 따스한 마음과 고운 결을 품고, 유연한 삶을 지향하는 시인의 성품을 엿볼 수 있었다. 그중 '3. 오며'란 작품을 우리 모두 음미하면서 낭송해 보자.

정연한 수비대의 뜨거운 거수경례
최동단 지킴이란 자부심 그 얼만지
앙다문 입술 언저리 미소 가득 번집니다

뱃머리 어언 돌아 망망대해 한가운데
육지 있고 바다 있고 섬도 하 많은

드높은 만방의 강군 동쪽 멀리 응시합니다

이 바다 고래 등 타고 남북으로 하나여서
원산 함흥 그 바닷물 여기로 흐를 거니
무심결 바람에 맞서 옷깃을 여밉니다

이제는 안심이다 엄존하는 느껴움
조바심 내려놓고 흔들림을 즐길 즈음
울릉도 우리 울릉도 저동항이 환합니다
발 디딘 선창에서 허기도 반가워서
산 오징어 한 접시에 다리를 내뻗고
개선한 장군이듯이 어깨를 젖힙니다

독도여, 피 끓는 내 강토 독도여
몽돌 하나 손에 쥐고 만지작만지작 힘을 넣어
침탈의 야욕을 향해 돌팔매를 날립니다

- 「독도 예찬」 3. 오며

독도 분쟁이 대한민국의 울릉도와 일본의 도고섬 사이에 있는 두 개의 섬(한국명 독도, 일본명 다케시마, 국제명 리앙쿠르 암초)에 대해 일본이 말도 안 되는 영유권을 주장하는 것에 분개하는 현실 속에서, 정도영 시인은 지키는 일이 아무리 힘들어도 "자부심"과 "앙다문 입술 언저리 미소 가득 번집니다"라면서 내 나라 내 땅을 수호하는 군인들의 자존감과 자랑스러움을 표출하고 있다.

시인은 조국을 수호하고자 하는 젊은이들의 빛나는 눈을 바라보면서 "이제는 안심이다"라면서 "조바심 내려놓"는다고 말한다. 이제는 개선장군처럼 어깨를 활짝 펴고 "독도여, 피 끓는 내 강토 독도여/ 몽돌 하나 손에 쥐고 만지작만지작 힘을 넣어/ 침탈의 야욕을 향해 돌팔매를 날립니다"라며 결연한 의지와 함께 「독도 예찬」의 대단원 막을 내린다.

몽돌 하나로 시시때때로 침탈 야욕을 드러내는 그들을 향해 돌팔매를 날리는 정 시인의 모습이 한눈에 그려진다. 3·1절이 다가오는 시점에 「독도 예찬」이 실려 있는 『장미 주소로 오세요』 시조집의 필독을 권하고 싶다.

밖에는 세찬 비가 내리고 있다. 이제 곧 봄이 오려나
보다.

모순에 빠져보자

『모순』
양귀자
쓰다

나진영

동전을 던진다. 앞면이 나올 확률 50%, 뒷면이 나올 확률 50%. 100번을 던졌을 때, 앞면과 뒷면의 확률은 얼마일까. 앞면과 뒷면이 나오는 순서는 일정할까. 동전을 던지면 앞뒤가 나오는 순서는 뒤죽박죽이다. 앞면이 3번 정도 나오면 뒷면이 1번 나올 거라는 예상을 하지만, 앞면이 5번 나오고 뒷면이 연달아 6번 나오기도 한다. 동전의 앞뒤가 행복과 불행이라면, 불행이 연달아 우리를 괴롭힌다면 행복이 그 순서를 기다리고 있어야 하고 행복이 겹치면 불행도 자기 순서가 있어야 한다. 100번 동전 던지기의 확률은 앞면 50% 뒷면

50%으로 나온다고 한다. 그렇다면 우리 인생도 동전 던지기와 같을까.

이 책의 주인공 안진진은 25살이다. 그녀가 나영규와 김장우를 동전을 던져 선택했다면 그 선택은 의미 없었을 거다. 이렇게 강한 인상도 남기지 않았겠지.

인생은 탐구하면서 살아가는 것이 아니라. 살아가면서 탐구하는 것이다. 실수는 되풀이된다. 그것이 인생이다.

- p. 296

안진진은 동전을 던지지 않았다. 선택에 망설임이 있었지만, 나영규와 김장우는 각각 하나의 동전이었다. 두 사람이 가지고 있는 행복과 불행에서 안진진은 자신의 모습을 봤다. 행복과 불행이 함께 있는 가보지 않은 길이지만, 누군가 가본 길을 안진진은 선택했다. 그 길을 살아가면서, 실수가 아닐까 하는 순간도 안진진답게 살아가리라는 안진진의 빛을 이 작품 『모순』에서 읽었다.

이 작품은 작가 양귀자가 1998년 펴낸 세 번째 장편 소설이다. 처음으로 연재 형식을 빌리지 않고 스스로 결정에 따라 장편을 쓰기 시작했다고 한다. 이 소설을 쓰는 동안 어떤 원고 청탁도 받지 않고 절대적인 몰입에 대한 충만감으로 썼다고, 작가는 말한다.

이 소설은 천천히, 아주 천천히 읽어주었으면 좋겠다.

- p. 302

1998년 베스트셀러 책을 검색하면 바로 이 책이 나온다. 오늘 2024년 1월 23일, 교보문고 베스트 소설을 검색하면 4위가 이 작품이다. 대단하다. 출판사 서평에 132쇄를 찍으면서 이 소설이 끊임없이 독자들에게 회자되고 여전히 많은 사랑을 받고 있는 작품이라고 했다. 이 작품의 힘은 끝까지 읽고 난 후 되새김되는 여운이다. 2013년 도서출판 '쓰다'는 개정판을 내면서 독자가 오래 소장할 수 있는 책, 진정한 내 인생의 책으로 소유할 수 있는 책이 되고자 양장본으로 만들었고, 표지의 색상은 2쇄를 주기로 바뀐다. 종이책을 좋아하는 독자에겐 색다른 재미를 준다.

작가 양귀자는 1955년 전주에서 태어났고 원광대 국문과를 졸업했다. 1978년 《문학사상》 신인상을 수상하면서 문단에 나왔다. 일상적 현실 속에서 갈등하는 소시민들의 생활을 그린 작품들을 모아 1985년 『귀머거리 새』를 출간했다. 그 후 평론가들로부터 천부적인 재능이 있는 의식 있는 작가라는 평을 들은 『원미동 사람들』, 『지구를 색칠하는 페인트공』, 『슬픔도 힘이 된다』, 『길모퉁이에서 만난 사람』, 『나는 소망한다 내게 금지된 것을』, 『천년의 사랑』 등을 펴냈다. 산문집 『따뜻한 내 집 창밖에서 누군가 울고 있다』, 『삶의 묘약』, 『부엌신』, 『엄마노릇 마흔일곱 가지』가 있다. 유주현문학상, 이상문학상, 현대문학상, 21세기문학상을 수상했다.

소설 속 안진진의 엄마는 일란성 쌍둥이다. 이모와 엄마는 같은 날 태어나서 같은 날 결혼했다. 결혼은 엄마와 이모의 삶을 정반대로 만들었다. 태어나는 순간 부모를 선택할 수 없다. 결혼은 누군가를 자신이 선택한다. 결혼 후 안진진의 엄마는 현실적으로 점점 힘들어지는 삶을 산다. 남편은 술로 인해 어느 날 직장을 그만두고 시도 때도 없이 집을 나가버린다. 생활을 책임지는 지는 건 안진진 엄마의 몫이었다. 쌍둥이인 이모는 여러모로 잘 산다. 이모부는 삶을 계획적으로 꾸려나가는 사람이고 아내에게 다정하고 자상하다. 이모의 아들과 딸은 유학을 가서 각자의 삶을 멋지게 산다. 안진진은 청소년기에 3번의 가출을 했고 학력은 대학 휴학이고 지금의 직장은 이모부의 소개로 들어갔다. 안진진의 동생, 안진모는 말론 브랜도의 〈대부〉, 최민수의 〈모래시계〉가 그의 인생 교과서다. 그의 꿈은 조직의 보스다. 엄마와 이모의 삶은 대조적이라 할 만큼 다른 길이다.

그렇다고 안진진의 엄마는 불행하기만 하고 이모는 행복하기만 한 건 아니다. 엄마는 불행 앞에 씩씩하게 책을 벗삼아 뚫고 나간다. 그 순간 엄마에게서 쏟아져 나오는 에너지에 몰입감을 느낀다. 불행이 불행만 가지고 있는 건 아닌가 보다. 이모는 생활이 풍족하고 여유롭고 완벽하게 보인다. 그 안은 공허가 가득하다.

무엇이 그렇게 힘들었냐고 묻는다면 참 할 말이 없구나. 그것이 나의 불행인가 봐. 나는 정말 힘들었는데, 그 힘들었던 내 인생에 대해 할 말이 없다는 것이 말야. 어려서도 평탄했고, 자라서도 평탄했으며, 한 남자를 만나 결혼을 한 이후에는 더욱 평탄해서 도무지 결핍이라곤 경험하지 못하게 철저히 가로막힌 지리멸렬한 삶.

- p. 283

이것이 이모의 삶이었다. 그렇게 삶을 마무리하는 이모에게 누가 돌을 던지랴.

안진진의 두 남자. 김장우와 나영규. 그녀는 두 남자를 사랑했다. 그 사랑 속에서 갈등했고 무엇이 진짜 사랑인지 고민했고 자신의 마음을 확인하려 했다. 누군가를 사랑하면서 아버지와 같은 자신의 모습에 놀라기도 하고, 용기 내어 가난 앞에 굴하지 않는 선택을 하는 것인가 하는 기대를 독자에게 주기도 하지만, 그녀는 온전히 자신을 다 내보일 수 있는 사랑하는 사람을 선택한다. 이 책을 읽으면서 김장우를 응원하기도 했고 나영규를 응원하기도 했다. 그녀의 선택을 두고 많은 이야기를 나눌 수 있으리라. 여러분은 어떤 선택을 하고 어떤 이야기를 할까. 모순으로 가득 찬 삶이 우리 삶이다.

우리들은 남이 행복하지 않은 것은 당연하게 생각하고, 자기 자신이 행복하지 않은 거에 대해서는 언제나 납득할 수 없어한다.

- p. 21

작가의 말대로 이 책을 천천히, 아주 천천히 읽기를.

스타로 산 PD

「재미있게 살다가 의미 있게 죽자」
주철환
마음서재

배정애

어릴 적, 텔레비전이 동네에서 한 대밖에 없던 시절
이 있었다. 아이들은 저녁마다 자석에 이끌리듯 남의
집 텔레비전 앞에 옹기종기 모여 앉아 그 집의 저녁 시
간을 방해하곤 했다. 숟가락 하나씩 얹어 양푼이 비빔
밥을 이웃끼리 나눠 먹었으니, 위생이나 식사 예절과
는 거리가 멀지만, 그래도 지금 생각하면 웃음이 절로
나온다. 그때, 전 국민을 텔레비전 앞으로 몰려들게 한
전설적인 프로그램들이 있었으니, 〈일요일 일요일 밤
에〉, 〈퀴즈 아카데미〉, 〈우정의 무대〉, 〈대학 가요제〉
등이다. 저자는 그 대표적인 프로그램과 그 외에 수많

은 프로그램을 연출한 1980년~90년대를 대표하는 1세대 스타 PD의 원조이다. 당시 텔레비전은 사람들에게 감동과 웃음을 주며, 대학 문화와 대중문화에 큰 비중을 차지하게 되었다.

프로그램이 폭발적인 인기를 누린 이유는 저자의 신념인 "재미"와 "의미"가 프로그램에 담겨 사람들에게 공감을 불러냈기 때문이다. "재미"와 "의미"를 인생에도 적용해 보라고도 한다. 프롤로그에서 '재미있게 살다가 의미 있게 죽자'는 저자의 좌우명이라고 했다. "새로운 것, 재미있는 것, 유익한 것"을 취하고 "낡은 것, 지루한 것, 해로운 것"을 버리는 "편집"과, "좋은 추억을 만들고" 골라 "편성"하라고 한다. 방송뿐 아니라 "편집과 편성을 인생에 적용"하라고도 한다.(p. 189)

나는 좌우명이 없다는 걸 책을 통해서 알게 되었다. 성공한 사람들의 좌우명이 궁금해 찾아보니 '기회'라는 말이 많이 나왔고, '기회를 포착해 재미를 느끼고, 의미 있는 성취를 하자'로 결정했다.

저자는 "삶이 힘에 부칠 때"(p. 226) 생각나기도 하고,

평생 만나본 인연 중에 가장 기억에 남는 사람이 송해라고 했다. 나와 저자가 통한 것 같아 기분이 묘했다. 백세시대를 대표하는 성공한 사람으로 오래 기억될 사람이라고 생각하기 때문이다. 누군가에게 힘이 되는 원동력은 젊은 사람을 능가하는 체력을 위한 자기관리, 남녀노소와 시대 흐름에 뒤처지지 않는 유쾌한 의사소통이 아닌가 한다. 평생 안주하지 않고 자신을 채찍질하는 것은 기본임은 두말할 필요도 없다. 『재미있게 살다가 의미 있게 죽자』라는 제목처럼 95세의 최고령 MC 송해는, 유쾌하고, 건강하게 일을 하면서 국민의 사랑을 받고 지금은 천상에 계신다.

이 책은 저자가 다양한 분야의 개성 있는 사람을 만나서 쌓은 경험으로 넘치고 있다. 그 만난 인연을 소중하게 생각하고 있음을 페이지마다 보여준다. 드물긴 하지만, 다소 무거운 이야기도 쉽고 편하게 전달한다. 방송 관련 직업이라 훈훈한 이야기가 쏟아져 나왔고, 방송매체나 인생의 부정적인 면은 들어갈 틈도 없었다.

저자는 지금 대학교수로 재직해 학생들을 가르치고 있다. 한번은 시험성적을 낮게 받은 학생이 이의를 제기했다. 진심 어린 마음으로 답글을 보내 제자의 마음을 어루만져 주면서 자연스러운 관계가 된 부분이 가슴 먹먹했다. 따뜻한 말 한마디가 인생을 바꾸고 좋은 인연을 만들어줬다. 더불어, 좋은 가정과 좋은 사회를 이루어 가기도 한다. "열 마디 중에서 여덟 마디는 따뜻하게, 두 마디는 따끔하게, 따분한 말은 아예 하지 말라."(p. 67)고 한다. 전직 국어 교사인 영향도 있지만 언어를 조합하는 언어 천재의 일면을 보여주기도 한다. 삭막한 교육 현장에서 사제지간의 정이 필요한 시점이라서 더욱 와닿았다.

이 책에서 "PD와 대통령"(p. 157)을 결부시켜, 사람들을 행복하게 해주기 위해 경쟁하고 인정받아야 하고, "전문가를 알아보는 안목이 있어야 하고, 그 사람이 진짜 인재인지를 검증해야 한다."(p. 158)라고 말한다. 한 나라의 지도자는 국민이 행복할 수 있도록 온 힘을 써야 한다. 최근에는 아이들의 장래 희망에 방송 관련 직

종이 급부상하고 있고, PD를 희망하는 청소년들이 늘어나는 추세이다. 그들은 인기 프로그램으로 잘나가는 PD를 꿈꾼다.

저자가 어린 시절에 "그해의 친구"(p. 243)를 뽑아 상을 주었는데, 친구들이 전화를 건 것조차도 흘리지 않고 의미를 부여하는 PD 기질은 타고난 것으로 보인다. 희한한 상을 받고 그 친구들은 어떤 기분이었을까? 엉뚱한 일을 만들어 재미를 주고 긍정적인 영향을 주지 않았을까 하는 짐작이 간다.

사는 동안 일할 수 있을 때까지는 즐겁게 일하고, 놀 수 있을 때까지는 신나게 놀 것이다. 나를 피하려는 사람들을 억지로 만나려 애쓰지 않을 것이다. 나를 만나고 싶어 하는 사람 중에서 나 역시 만나서 이야기도 하고, 밥도 같이 먹고 싶은 사람들을 우선 만날 것이다.

- p. 199

나는 어르신을 방문해서 안부를 묻고, 말동무가 되

어드리는 일을 하고 있다. 황혼의 어르신들은 아프고, 외롭고, 쓸쓸하지만, 잠깐의 복지관 나들이로 원동력과 활력을 찾는 시간도 있어 좋아 보였다. 또한, 시력이 약해도 한글을 배우고자 하는 의욕은 젊은이들 못지않았다. 내 전화와 방문을 기다렸다고 반갑게 맞이해 주실 때가 가장 행복한 시간이다. 사명감으로 더 열심히 일하고, 가까이 있는 사람들에게 따뜻한 말 한마디라도 건네주고 싶다.

다양한 문화를 접하기 힘든 어려운 시절 재산목록 1호인 텔레비전은, 사람들의 문화적 호기심을 채우기에 충분했다. 그때 자기 역할을 다한, 지금은 대학에서 학생들을 가르치고 있는 저자에게 고마운 마음을 담아 전한다.

불투명한 미래로 안절부절못하는 사람들에게 이 책을 권하고 싶다.

나에게 들려주는 위로, 결국 삶은 관계이고 관계는 소통이었다

『불편한 편의점』
김호연
나무옆의자

윤미영

사회초년생 시절 뜬금없이 바다가 보고 싶어 친구와 부산으로 떠난 적이 있다. 그렇게 계획도 없이 간 부산에서 바다를 구경하고 시간 가는 줄도 모르고 밤새 놀았다. 놀다 보니 춥고 배도 고팠다. 그렇지만 수중에 돈이 많지 않던 터라 찾아 들어간 곳이 바로 편의점이었다. 적은 돈으로 컵라면 한 끼면 충분했고 젊은 혈기에 남 눈치 보지 않고 밤을 새기에는 딱인 곳이었다. 그렇게 편의점은 부산 바다를 떠올리며 나에게 작은 추억으로 가슴 한 모퉁이에 자리 잡고 있다. 하지만 추억은 추억일 뿐, 지금은 편의점을 자주 애용하는 것은 아니다. 왠지 젊은이들이나 찾을 법한 그곳에 들어간다는 것이 불편해 편의점은 잘 찾지 않는 '불편한 편의점'이 되어버렸다. 그런 의미에서 이 책은 제목부터 나와 일맥상통한다는 생각에 끌리는 것이 있었다. 불편한 편의점! 손님이 편해야 자주 가는 곳일 테고 손님이 많아야 장사도 잘될 텐데 불편하다니 뭔가 반어법이 숨어 있는 게 분명했다.

이 책이 처음 출판된 해는 2021년 4월, 온 세계가 코로나로 힘들었던 시기이다. 그리고 2023년 10월, '벚꽃 에디션'으로 다시 출간되었다. 2021년 출간된 책 표지는 어두운 밤을 지키는 파수꾼으로 사연이 있을 법한 편의점이 자리 잡고 있다면 2023년에 출간된 책 표지는 '벚꽃 에디션'으로 편의점 앞을 가득 채운 벚꽃나무로 희망에 찬 편의점을 연상케 한다. 또한 1, 2권 통합 100만 부 판매를 기록한 밀리언셀러로 부산, 인천, 춘천, 제주 등 전국 37개 지역 올해(2023)의 책에 선정되었으며, 알라딘, yes24, 밀리의 서재, 국립중앙도서관 올해(2023)의 책으로도 선정되었다. 현재(2023) 미국, 프랑스, 스페인, 일본, 대만, 폴란드 등 20개국에서 번역 출간되고 있으며, 연극 개막에 이어 드라마로도 제작 중이라고 한다. 책을 읽어 본 입장에서 등장인물로 누가 선정되어 어떤 드라마로 탄생할지 기대된다.

작가 소개에 따르면 김호연 작가는 2013년 『망원동 브라더스』로 세계문학상 우수상을 수상하며 작품 활동을 시작했다. 장편소설 『망원동 브라더스』(2013), 『연적』(2015), 『고스트라이터즈』(2017), 『파우스터』(2019), 『불편한 편의점』(2021), 『불편한 편의점 2』(2022), 산문집 『매일 쓰고 다시 쓰고 끝까지 씁니다』(2020), 『김호연의 작업실』(2023)을 펴냈다고 한다.

이 책은 편의점 사장인 염 여사가 지갑을 잃어버리면서 시작된다. 옴니버스 형식으로 처음부터 술술 읽히는데 그 차례를 보면 편의점을 떠올리게 만드는 '산해진미도시락', 무슨 의미를 지녔을지 궁금하게 만드는 '제이에스 오브 제이에스', 편의점을 대표하는 '삼각김밥의 용도', 일반 가게에는 없는 '원 플러스 원', 책 제목이 되어버린 '불편한 편의점', 시원한 맥주를 생각나게 만드는 '네 캔에 만 원', 한 번씩 공짜로 얻어먹었을 법한 '폐기 상품이지만 아직 괜찮아', 그리고 길을 가다가 가끔 보이던 간판인 'ALWAYS'가 마지막을 장식하고 그 끝에 '감사의 글'이 있다.

지갑을 잃어버린 염 여사는 서울역 노숙자가 지갑을 주워 가지고 있다는 전화를 받고 서울역으로 갔다. 서울역 노숙자는 다른 노숙자들로부터 염 여사의 지갑을 지키기 위해 안간힘을 쓰고 있었다. 첫 만남은 그렇게 이루어졌다.

사내가 고개를 들어 염 여사를 올려다보았다. 맞아서 부은 눈두덩이, 코피와 콧물이 섞여 나오는 코, 수염으로 가려진 입이, 마치 사냥을 나갔다 다쳐 돌아온 원시인처럼 보였다.

-p. 13

서울역 노숙자 그의 이름은 독고이다. 그 이름이 실명인지 본인이 둘러댄 이름인지 알 수 없었지만 염 여사가 그 이름을 두고 생각하는 장면은 애절함마저 느껴졌다.

　　염 여사는 독고 씨라 불리는 사내의 멀어져 가는 뒷모습을 눈으로 배웅했다. 독고. 홀로 고독하다는 뜻일까? 아니면 독거인으로 살아서 독고라 불리게 된 걸까? 이름만큼이나 쓸쓸한 그의 뒷모습을 그녀는 당분간 신경 쓰지 않기로 했다.

- p. 39

　　서울역 노숙자였던 독고가 편의점에 취직하면서 독고를 통해 편의점은 성장한다. 그리고 편의점을 거쳐 가는 등장인물들이 독고를 통해 성장한다.

　　시현은 안도했다. … 그를 통해 누군가를 돕는 일이 보람 있다는 걸 체험했고, 자기에게 그럴 능력이 있다는 걸 깨달았다.

- p. 80

독고를 통해 인생의 해결점을 찾는다.

사람 대신 개를 믿는 선숙은, 착한 큰 개처럼 보이는 독고 씨의 말에 다시 한번 고개를 끄덕였다.

- p. 110

하지만 독고는 이들을 통해 자신을 찾아 간다.

결국 삶은 관계였고 관계는 소통이었다. 행복은 멀리 있지 않고 내 옆의 사람들과 마음을 나누는 데 있음을 이제 깨달았다.

- p. 252

'불편한 편의점' 편 작가 인경의 작업실처럼 왠지 작가의 작업실은 편의점 옆에 자리 잡고 있을 것 같다. 마치 창문 너머로 보이는 편의점 이야기와 작가의 상상력이 더해진 이야기로 가슴을 따뜻하게 만들어 주는 듯하다.

서울역 홈리스로 지내면서도 자기의 안위보다는 지갑을 잃어버린 낯선 부인의 안부를 걱정하는 독고 씨. 그런 독고를 향해 우정과 치유의 손길을 내미는 편의점 사장 염 여사. 두 사람의 아름다운 우정의 역사는 코로나 사태 이후 고독과 불안을 더욱 예민하게 느끼게 된 우리들에게 눈부신 영감의 씨앗을 심어 준다. 모두가 무시하고, 외면하고, 회피하던 홈리스 독고 씨의 변신은 어쩌면 덜 놀라운 사실이다. 독고 씨의 진짜 재능은 많은 사람을 너끈히 구할 수 있는 눈물겹도록 따스한 마음이기에.

- 정여울(『끝까지 쓰는 용기』 저자)

나에겐 따뜻한 위로가 되어 준 이 책이, 누군가에겐 겨울이 끝나고 봄이 다가오는 이 계절에 가슴마저 따뜻하게 녹여 줄 책이 되길 바라며 읽어 보길 권한다.

당신의 사랑은 안녕하십니까?

『참을 수 없는 존재의 가벼움』
밀란 쿤데라, 이재룡 옮김
민음사

이원주

오십쯤 되면 삶이 알아지는 지천명이 된다고 생각했다. 근데 막상 그 나이가 되니 삶이 알아진다기보다 '삶은 그냥 살아내는 거구나' 라는 생각이 든다. 그런 우리 삶에서 가장 아름다운 시절을 한 자락 끄집어낸다고 하면 뜨겁게 사랑했던 때가 아닐까 한다. 우리는 얼마나 온 마음을 다해 사랑했을까? 사랑 없이는 단 한 순간도 내 삶이 아름답지 않다고 생각했을까? 다시금 그때 사랑을 돌아보게 될 밀란 쿤데라의 소설 『참을 수 없는 존재의 가벼움』을 소개한다. 국내 출간 30주년 기념 특별판은 작가가 직접 그린 표지 일러스트로 소장의 욕구를 자극한다.

밀란 쿤데라(1929. 4. 1.~2023. 7. 11.)는 체코 출신으로 프라하 공연예술학교에서 교수로 재직했으며, 희곡, 소설 등 다양한 집필 활동을 했다. 1968년 체코슬로바키아에서 일어난 민주자유화운동인 '프라하의 봄'으로 공직에서 해직당하며 모든 저서가 출판이 금지된다. 1975년 프랑스로 망명 후 대부분의 작품이 프랑스어로 쓰였고, 초기 작품은 직접 프랑스 번역으로 개정하고 다듬었다. 이후 1984년 출간된 『참을 수 없는 존재의 가벼움』으로 세계적인 작가로 인정받게 된다. 책은 체코를 배경으로 네 남녀의 이야기로 구성되어 있다. 가벼운 연애 소설인가? 싶지만 절대 가벼울 수 없는 무거움이 이야기 내내 존재한다. 마지막 장을 덮지만 기어코 다시 읽게 만드는 게 20세기 최고의 작가라 칭송을 받은 그의 필력일 것이다.

외과수술 전문의 토마시, 사랑을 가벼운 것이라 여기며 자유로운 연애관으로 육체적 탐닉에 빠진다. 그와 여섯 번의 우연이 겹쳐져 만나게 되는 테레자. 그녀는 사랑과 섹스는 아무 공통점이 없다고 말하는 토마시와 달리 절대적 사랑의 무거움을 중요시하는 사랑의 이상주의자다. 토마시를 떠날 수도 외면할 수도 없다. 그녀의 삶에서 토마시를 빼놓고 아무것도 설명할 수가 없다.

그것은 보헤미아의 작은 마을에서 그를 처음 만나면서부터 시작된 것이다. 토마시는 정부를 비판하는 한 편의 글로 인해 천직이라고 생각했던 의사로서의 삶을 포기한다. 유리창 닦기에서 시골 농부의 삶을 이어가는 중에도 그의 육체적 탐닉은 계속된다. 이런 토마시와 마지막 순간까지 함께한 사람이 그녀였기에 토마시의 '참' 정의의 기준은 테레자였다. 그녀를 행복하게 해 주는 것이 참이요, 그녀를 불행하게 하는 것은 거짓인 것이다. 방식은 각자 다르지만 그들은 절대적으로 사랑했고 상대방에게 하나의 지옥을 선사했다.

이들의 슬픈 죽음을 전할 수 있는 유일한 친구는 토마시의 정부이자 에로틱한 우정을 나누는 자유로운 영혼의 예술가 사비나이다. 그녀는 침울한 조국 체코를 떠나 스위스로, 다시 미국으로 떠나면서 자신의 예술 뿐만 아니라 본인을 둘러싸고 있는 조국의 그늘을 지우고 싶어 했다. 타인이 만들어 놓은 삶으로부터 벗어나기 위해 처절하게 노력해야만 했다. 부재하는 사람들의 상상적 시선 속에 사는 몽상가 프란츠는 사비나의 사랑이 멀어지자 삶이 흔들리기 시작했다. 이 네 사람의 삶을 교차시키면서 그들의 삶과 사랑, 죽음을 이야기한다. 또 하나의 주인공 카레닌이 있다. 테레자가 사랑했던 반려견 카레닌은 토마시와 테레자의 지나온 십 년의 삶을 몸으로 구현한다. 크루아상을 즐겨 먹고 사랑스러웠던 시절을 지나 암울한 시간을 거쳐 암의 전이로 절름발이에서 안락사되기까지 그들의 삶과 맞닿아 있는 듯하다. 그래서 카레닌의 마지막이 아프게 다가온다.

"그러나 프라하에서는 아무것도 끝나지 않았어요."

조국에서는 공장 노동자들이 노조를 결성하고 학생들은 점령군에 대항하기 위해 휴학 동맹을 하며 국민 모두가 나름대로 계속 투쟁 중이라고 … 그런 것에는 누구도 관심이 없었다!

- p. 121

어쩌면 우리도 누군가의 절박함을 먼 이야기로 치부하며 무뎌지고 있고 그들의 울부짖음을 외면하고 싶은 건지도 모른다. 연일 세계뉴스에 나오는 전쟁 중인 나라들의 난민과 기아에 아파하고 그들의 아픔을 헤아렸는지 되짚어 물어보게 된다. 사랑과 삶, 죽음에 관해 무거움과 가벼움을 논하려 하지만 작가는 자신의 조국 체코가 아파했던 현실을 외면할 수 없었다. 1968년 체코슬로바키아에서 일어난 민주자유화운동인 '프라하의 봄'의 아픔을 드러내려 작품 구석구석 이야기로 흐른다. 그래서 토마시는 작가 내적인 모습에서 탄생된 또 다른 자아인 것이다.

어머니는 테라자가 토마시를 사랑하듯 남편을 사랑했고 테레자가 토마시의 바람기 때문에 고통스러워하듯 두 번째 남편의 바람기로 괴로워했던 것이다. 어머니가 그녀를 괴롭혔다면, 그것은 단지 그녀가 너무도 불행했기 때문이었다.

- p. 108

테레자는 딸을 미워하는 이해할 수 없는 엄마의 삶으로부터 떠나 왔다고 생각했지만, 정작 그녀의 삶에는 엄마가 온전히 녹아 있었다. 만약, 엄마의 삶을 이해했다면 떠나오지 않았을 것이고 그랬더라면 토마시를 만나지 못했을 것이다. 각자 주어진 삶의 방향으로 나아가기 위해 어쩌면 우린 애초부터 때론 외면하고 때론 서로를 이해하지 못하게 만들어졌는지도 모른다.

테레자는 카레닌을 있는 그대로 받아들였고 그를 자신의 모습에 따라 바꾸려 들지 않았다. 아예 처음부터 그가 지닌 개의 우주를 수락했고 그것을 압수하고 싶지 않았으며 그의 은밀한 성향에 대해 질투심을 느끼지도 않았다.

- p. 491

테레자는 토마시의 극심한 육체적 탐닉에 괴로워하지만 그를 버릴 수도 떠날 수도 없었다. 테레자에게 사랑이란 상대를 변화시키려 하거나 무엇을 원하지 않으며 있는 그대로 인정하는 것이다. 반려견 카레닌은 테레자가 직접 선택한 토마시처럼 그녀에게 또 다른 모습의 토마시이다. 사랑에 대한 두 사람의 해석과 정의는 n극과 s극처럼 결코 만날 수 없지만 그들이 서로를 목숨보다 더 사랑했음은 분명한 사실이다. 사랑의 참 정의는 무엇일까? 끝까지 정의 내리기 어렵다.

출간 후 40년의 시간이 흘렀으나 사랑에 아파하고 그 물음에 답하지 못하는 이, 자신의 삶을 되짚어 보고픈 누구나에게 추천한다. 『참을 수 없는 존재의 가벼움』은 제목처럼 쉽지 않은 것은 분명하다. 휘발성 독서로는 무엇도 잡을 수가 없다. 첫 문장이 니체의 영원회귀 사상으로 시작되는 것을 봐도 알 수 있다. 네 사람의 사랑과 삶을 중심으로 삶의 무거움과 가벼움을 논하고, 인간의 범주를 분류하기도 하고, 꿈으로 표현되는 무의식의 세계, 정치, 사회, 문화예술 철학까지 어느 하나 가벼이 쓰인 것은 찾을 수 없을 만큼 무겁다.
읽을 때마다 처음 마주하는 듯한 문장들에 낯설기까지
하다. 완독하지 못하고 손에서 멀어질 수도 있다. 그렇
지만, 분명한 것은 한 문장 한 문장 꼭꼭 씹을 때마다
잘 소화된 집밥처럼 내 삶에 영양분이 될 것이다.

실패를 딛고 살아가는 세 번째 삶

『이토록 평범한 미래』
김연수
문학동네

사람이 살아가는 물리적 시간을 따져 과거, 현재, 미래라고 이름 붙였다. 과거는 기억할 수 있고 평가할 수 있는 반면 현재는 아주 짧고 미래는 알 수 없다. 과거는 늘상 아쉽기 마련이고 현재는 미래의 결과를 예측할 수 없으니 의심쩍다. 그래서 우리는 미래를 궁금해하고 두려워하기도 한다.

『이토록 평범한 미래』에서 보듯이 '이토록 평범한'이라는 말과 '미래'라는 단어는 어울릴 수 없는 말이다. '이토록 평범하다'는 것은 사물이든 경험이든 일반적이고 보편적인 기준에서 나오는 평가로서 과거나 현재를 전제로 하고 있고, 미래는 아직 다가오지 않은 미지의 시간에 대한 것이기 때문이다. 그러면 작가는 어울리지 않는 이 두 낱말을 왜 같은 선상에 놓았을까. 그것은 이 소설이 시간 위에 놓인 삶의 방식을 이야기하려고 하기 때문인 것 같다.

이 책을 쓴 작가 김연수는 1993년 《작가세계》 여름호에 시를 발표하고 1994년 『가면을 가리키며 걷기로』라는 장편소설로 제3회 작가세계문학상을 수상하며 본격적인 작품활동을 시작했다.

『이토록 평범한 미래』는 작가가 9년 만에 발표한 소설집으로 표제작 「이토록 평범한 미래」를 비롯하여 「난주의 바다 앞에서」, 「진주의 결말」, 「바얀자그에서 그가 본 것」, 「엄마 없는 아이들」, 「다만 한 사람을 기억하네」, 「사랑의 단상 2014」, 「다시, 2100년의 바르바라에게」 등의 작품이 실려있다. 여덟 편의 작품 주제는 한 가지에 귀결되고 있어서 표제작 「이토록 평범한 미래」를 중점적으로 이야기해 보려고 한다.

"모든 게 끝났다고 말하는 사람을 볼 때마다 나는

1999년에 일어난 일과 일어나지 않은 일을 생각한다."
는 첫 문장으로 시작되는 작품은 1999년 여름에 '나'
와 지민이 겪은 일에 대한 이야기다. 여름방학 때 동반
자살을 계획한 두 사람은 출판사 편집자인 외삼촌을
찾아간다. 외삼촌에게 지민 어머니가 자살하기 전에
쓴 「재와 먼지」라는 소설 이야기를 듣게 된다.

「재와 먼지」에는 한 연인이 등장한다. 그들은 서로
의 세계가 겹쳐지지 않는 각자의 삶은 아무런 의미가
없다고 생각하고 동반자살을 선택한다. 동반자살을 하
기 전 두 사람은 임사체험을 하게 되는데 임사체험에
서 실제 인생을 살아가는 것과 같은 두 번째 삶을 살게
된다. 두 번째 삶은 시간이 역행하여 날마다 어려지고
그들이 처음 만났을 때 얼마나 설레고 기뻤는지를 결
과로서 알게 되는 삶이다. 두 번째 삶의 끝에서는 세
번째 삶을 살게 된다. 세 번째 삶은 결과로서 알게 되
는 두 번째 삶을 기억하고 살아가는 삶이다. '나'와 지
민은 지민 어머니가 쓴 소설의 의미를 알아차리고 새
로운 삶을 살아간다.

「이토록 평범한 미래」는 여름방학 때 동반자살을 계획하고 있는 '나'와 지민의 이야기와 「재와 먼지」라는 소설 속 연인의 이야기가 똑같이 맞물리면서 미래를 어떻게 상상할 수 있는지를 보여준다. 「재와 먼지」는 동반자살을 계획하고 있는 주인공 '나'와 지민의 예언서 같은 의미다. 예언서를 통해 작가는 가장 좋은 게 가장 나중에 온다고 상상하는 일이 현재를 어떻게 바꿔놓는지를 이야기하고 있다.

> 과거는 자신이 이미 겪은 일이기 때문에 충분히 상상할 수 있는데, 미래는 가능성으로만 존재할 뿐이라 조금도 상상할 수 없다는 것. 그런 생각에 인간의 비극이 깃들지요. 우리가 기억해야 할 것은 과거가 아니라 오히려 미래입니다.

-p. 29

이 문장은 과거에 얽매여 살아가는 삶을 안타까워하고 어디를 바라보며 살아가야 하는지를 말해준다.

소설에 자살과 함께 종말에 대한 이야기가 나오는데 책 속 주인공이 겪는 사랑의 실패 이외에도 우리는 많은 종말을 겪는다. 사업, 시험, 직장 등 개인이 목적한 정도에 달성하지 못한 것도 일종의 종말이다. 하지만 우리는 한 가지의 실패로 삶의 종말을 선택하지는 않는다. "이기면 조금 배울 수 있지만 지면 모든 걸 배울 수 있다."(p. 32)는 자세로 자신을 재장전하고 실패를 딛고 다시 살아가는 경우가 대부분이다. 이런 점에서 어떤 실패를 경험하고 경험을 본보기로 새로이 삶을 살아간다면 이 소설에서 말하는 세 번째 삶과 같은 의미라고 생각한다.

작가는 삶의 단순한 기쁨을 느끼며 살아가는 일상의 소중함을 붓다의 말로 대신한다.

붓다는 세상에서 겪는 고통을 첫 번째 화살에 비유했다. 그리고 첫 번째 화살을 뽑을 생각을 하지 않고 그 화살이 어디서 날아왔는지, 누가 쏘았는지, 왜 내가 이런 대접을 당해야만 하는지 따지다가 다시 맞는 화살을 두 번째 화살이라고 말했다. 두 번째 화살은 뽑고 난 뒤에도 고통이 사라지지 않는다. 거기에 여전히 첫 번째 화살이 있으니까. … 그와 달리 첫 번째 화살을 뽑고 나면 즉각적으로 기쁨이 찾아온다. 그건 고통이 사라지기 때문에 찾아오는 기쁨, 단순한 기쁨이다. 두 번째 화살을 맞지 않기 위해서는 만족스럽지 않고 때로는 고통스러울지라도 지금 이 순간의 세상을 품에 안아야 한다. 그게 바로 첫 번째 화살을 뽑는 일이다. 몸은 힘들겠지만 고통과 불만족을 겪어내면 이윽고 단순한 기쁨이 찾아온다.

- p. 273

이 단편 속에는 '평범한' 이라는 단어가 무려 일곱 번 언급되고 있다. '예언' 이라는 단어도 수없이 등장한다. 예언은 가장 좋은 것이 나중에 오는 두 번째 삶을 의미하고, 두 번째 삶 위에서 미래를 향해 살아가는 삶을 말하기 위한 키워드가 아닐까.

책 속 8편의 단편은 같은 주제, 같은 형식으로 전개되고 있어서 작가가 소설을 통해 말하고자 하는 것을 쉽게 짐작할 수 있다. 하지만 작품 모두가 액자 형식을 취하고 있는 점과 잦은 시제의 변화가 가독성을 떨어뜨리기도 한다.

나는 가끔 인터넷에서 '오늘의 운세'를 클릭해 본다. 클릭한 운세가 문자화되면 우습게도 그 뻔한 글귀가 매 순간 뻔뻔스럽게 머릿속에 떠오르는 것이다. 더 우스운 것은 운세를 뽑고 마음에 들지 않으면 마음에 들 때까지 뽑을 수 있다는 점이다. 달리 생각해 보면 자신의 운세를 선택할 수 있다는 점에서 또 하나를 깨달을 수 있다. 깨달음이나 생각의 유발 지점은 삶의 어느 순간에도 있다. 이 소설이 그렇다. 작품은 짧지만 자신이 살아갈 그토록 평범할 미래를 상상해 보는 깊은 시간이 될 것이다.

뿌리 뽑힌 아이들

『피부색깔=꿀색』
전정식, 박정연 옮김
길찾기

이종옥

142명!

2022년에 해외로 입양된 우리나라 아이들의 수이다.
같은 해 우리나라 출산율은 0.78명으로 OECD(경제협력
개발기구) 회원국 중 최하위였다. 어린이집이 문을 닫고,
서울 도심의 학교가 더 이상 학교에 올 아이가 없다는
이유로 폐교하는 상황인데도 해외로 입양된 아이가 있
었다는 사실이 놀라웠다.

『피부색깔=꿀색』의 작가인 융 혜넨(전정식)도 입양아
다. 그는 1970년 다섯 살의 나이로 서울 거리를 혼자
전전하다 경찰관의 도움으로 '홀트'를 통해 프랑스어

권 벨기에로 입양된 한국계 입양아다. 13살부터 현실을 떠나 어디론가 빠져나갈 수 있는 수단으로 그림을 그리기 시작한 그는 만화 작가이자 애니메이션 영화감독이기도 하다. 버려짐, 타향살이, 정체성, 아시아 등의 주제가 등장하는 만화를 그리고 있다. 『피부색깔=꿀색』은 그의 자전적 만화이다.

한 권의 책이나, 한 편의 다큐멘터리, 짧은 신문 기사 한 줄이 내가 이때까지 전혀 관심을 두지 않고 있던 영역 안으로 나를 끌고 가 의식을 각성시키는 경우가 종종 있다. 『피부색깔=꿀색』도 그런 책이었다. 이 만화를 보기 전까지 내가 알고 있던 입양아들에 관한 상식은 부유한 나라의 좋은 부모에게 가서 사랑받으며 성장해 고등교육을 받고 행복하게 살 것이라는 정도였다.

하지만 『피부색깔=꿀색』에서 작가는 한국이 자신을 버린 것에 대한 분노와 친엄마에 대한 그리움으로 사람들의 눈을 피해 혼자 밀밭에서 눈물을 훔치고 있었다. 유럽인도 아시아인도 아닌 이방인으로 살아가면서 자신의 정체성을 찾기까지 수없이 방황할 수밖에 없었으며, 새 부모님과의 갈등도 작가의 일상을 힘들게 했다.

같은 학교를 다녔고, 집에서 멀지 않은 곳에 살았던 한국계 입양아들 중에서 자살하거나, 마약과용으로 죽거나, 자살을 시도했지만 실패해 정신병원에 간 아이들의 이야기는 마음 아린 증언이었다.

하지만 작가는 "이 책이 동정심을 불러일으키는 것을 원치 않는다, 오히려 유머와 감정의 희화, 상황과 어우러지지 않는 어조를 통해 사람들에게 감동을 줄 수 있었으면 한다."고 밝힌 바와 같이 사춘기 때의 방황이나, 집을 나가 신부님 댁에 살면서 아플 줄 알면서도 너무 매운 음식을 먹어 죽기 직전까지 간 상황 같은 무겁고 어두운 이야기를 할 때도 재치 있는 문체로 유머러스하게 보여준다. 이런 장치들은 만화를 보는 독자들로 하여금 감정에 휩쓸리지 않고 현실을 바로 보며 성찰할 수 있게 해주었다.

　　뿌리는 나무가 잘 지탱하게 해주고 나무에 필수적인 수
액을 전달해 준다.

　　뿌리는 절단되면 더 이상 뻗어나지 못하여, 나무 전체
혹은 일부가 죽게 된다.

　　"히히히 그 정도로는 아프지 않아."

　　"난 버텨낼 거랬잖아!"

　　"버텨낼 거야!"

난 버텨냈다.

하지만 늘 발이 아팠다.

뿌리가 뽑혀 있었으니까

- p. 162~163

    작가는 뿌리 뽑힘에 대한 이야기를 하지만 자신이 그린 그림 속에서 작가가 병적으로 거부하고 수치스러워했던 한국 사람으로서 무의식을 발견하고 그대로의 자신, 자기 근원을 받아들인다. 더 나아가 뿌리 뽑힘을 긍정적으로 바라보며 "내게는 서양적인 일부와 동양적인 일부가 있다. 나는 유럽인이면서도 아시아인이 될 것이다. 누군가 내게 어디 출신이냐고 묻는다면, 나는 단맛이면서도 짠맛도 나는 꿀을 재배하는 마을에서 왔다고 대답할 것이다."라며 더 풍요로워진 자신을 보여준다.

    자신이 한국 태생이라는 사실과 버려졌다는 사실을 온전히 받아들이기까지 많은 시간이 필요했던 작가는 40여 년 만에 한국에 왔다. 그리고 자신의 성장기록인

『피부색깔＝꿀색』을 영화로 제작했다. 『피부색깔＝꿀색』은 입양인들의 실태를 잘 보여준다는 면에서도 의미 있고, 비입양인들이 입양인들을 이해하는 데도 훌륭한 징검다리가 되어줄 것이라는 생각이 든다. 흑백으로 그려진 아름다운 그림들을 보는 재미도 쏠쏠하다.

2022년에 입양된 142명의 아이들과 그 전에 입양된 더 많은 아이들 모두가 크고 단단히 확장된 뿌리를 내리고 자신을 사랑하며 살기를 기원해 본다.

희망의 등불은 꺼지지 않는다

『본다, 물끄러미』
김용주
도서출판 일일사

정병춘

나는 늘,

그늘진 곳으로 먼저

마음이 간다

빛의 방향에서 또는 그 반대편에서

하나 둘 물고 온 자음과 모음

함께 더듬어 읽고 싶다

두렵지만,

한 올 한 올 도드라진 문양이

소통하는 작은 문이 되길 바란다

- '시인의 말' 중에서

　　김용주 시인의 『본다, 물끄러미』 '시인의 말'이다. 시인은 "두렵지만, 한 올 한 올 도드라진 문양이 소통하는 작은 문이 되길 바란다"라는 소통을 강조했다. 2018년 점자 겸용 『본다, 물끄러미』 시조집을 냈다. 특히 젊은 세대들에게 전통의 중요성을 강조했고, 시조를 통하여 세대가 함께 공유하고, 계층 간에 벽을 허물기 위해 노력한, 평소 다문화와 소외계층에 차별 없는 사회를 강조하는 정신이 깃든, 손끝에서 느낄 수 있는 점자 겸용시조집이다.

　　시각장애인에게 관심을 두고 책 읽어 주기 봉사를 하던 내게 『본다, 물끄러미』는 시각장애인들의 시심을 일깨워 주는 봄날, 연두를 물고 늘어지는 버들가지와 매화 향을 몰고 오는 봄소식처럼 기쁨이 되고, 마음을 쉬게 하는 희망의 등불 같은 시조집이라 감동했다.

　　저자와의 만남은 북부도서관 성인반 동화구연 수업

첫 만남이었다. 주부로 집에만 있던 나에게는 신선한 충격으로 다가왔다. 당당한 모습, 카랑카랑한 목소리, 포스 등 3개월 내내 열강을 듣고 나니, 나도 강사가 되고 싶은 맘이 아주 조금 희망을 품게 되었다. 때로는 자신 없어 하는 수강생들에게 경험담을 들려주며 용기를 불어 주었다.

공공기관 등 글쓰기 및 시 낭송 지도(재능기부)를 열강하고, 자신이 가진 재능을 아낌없이 나눔을 실천하는 시인에게 배운 대로 봉사활동에 참여하면서, 인생을 만들어 간다는 것이 얼마나 가치 있는 일인지 배우게 되었다.

저자는 2009년 《시조세계》, 《대구문학》 신인상으로 등단, 점자 겸용시조집 『본다, 물끄러미』는 2018년 '대구문화재단 창작지원금'을 받아 그 역량을 엿볼 수 있었다. 여러 작품 중에 한 작품을 소개한다.

입대한 아들의 방
새벽이 텅 비어있다

비좁던 거실 한 켠 운동장보다 넓어

등줄기 휘감아 도는

손발도 절인 냉기

밤새 뒤척이던 외등

고행처럼 스러지면

잠 못든 뭇별들만 새벽을 두드린다

초침도 그리움에 엉겨

뜬눈으로 지새는.

- 「빈방」

　「빈방」을 읽어 나가면서 형제를 두었던 나는 따뜻한 미소를 머금게 됐다. 좁은 방 한 칸에 형제가 함께 지내던 시절 내 방에서 나가라는 형의 기세에 밀려났던 막내는 방 없는 서러움에 눈물만 뚝뚝 흘리며, 나도 방 만들어 달라며 막무가내 떼를 썼던 일들과 첫째 아이가 군대 갔을 때, "밤새 뒤척이던 외등 고행처럼 스러지면" 아들의 빈방만 서성이고, "뜬눈으로 지새는" 나날들이 새삼 아련히 다가왔다.

『본다, 물끄러미』는 총 4부로 구성되어 제1부 '냉장고 25시', 제2부 '리모컨에 잡히다', 제3부 '미로', 제4부 '오래된 비' 등 48편의 시가 독자의 시선을 끌어당긴다. 특히 최초의 점자 겸용 시조집이다.

읽어 나가면서 「풀」이 나의 마음을 또 움직였다.

　칼날처럼 몸을 세운 척박한 땅이란 땅

　한순간 울컥하고 올라오는 화 누르며

　밟혀도

　살아남으리

　살아남아 일어서리

　지상을 붙들고 산 현기증 나는 목숨

　바람에 부드럽게 눕는 법을 알아갈 때

　비로소

　눈부신 생이

거룩하게 쓰러진다

- 「풀」

척박한 땅에서도 끈질긴 생명력으로 거센 바람에도 스스로 몸을 일으켜 세워 "바람에 부드럽게 눕는 법을 알아갈 때" 풀의 겸손과 성실하게 살아가는 삶의 자세를 알게 한다. 낮은 곳에서 생명의 즐거움을 주는 한 포기 풀, 풍요로움 마음을 갖게 하고, 시간의 흐름이 존재한다면서, 시인은 끈질긴 삶의 생명력을 넘어서려는 자연 일부분으로 인간 탐사에 치중한다.

독자들이 감지하지 못하는 고뇌의 시간이 응축된 시조집을 통해 전통을 계승하는 정형의 틀 속에서 타인을 이해하고, 자신의 자존감을 높이고, 정형 시조가 젊은이들과 동행하길 소망한다.

따스한 봄날, 점자 겸용 『본다, 물끄러미』의 촉감을 체험해 보는 시간을 권해본다.

시나몬은 좋지만 계피는 싫어

『계절은 너에게 배웠어』
윤종신
문학동네

피희열

문학의 사전적 의미는 사상이나 감정을 언어로 표현한 예술 또는 그런 작품이며, 시, 소설, 희곡, 수필, 평론 등을 예로 든다. 반면에 지식백과상에서는 문학文學 (literature)을 문학 작품의 구성, 그 창작과 감상, 그리고 그것을 둘러싼 사회적·역사적 문맥 등에 관해 연구하는 학문이라 말한다. 그렇다면 우리는 과연 어디서부터 어디까지를 문학으로 봐야 하는 것일까? 가뜩이나 아직은 서평이란 게 낯선 와중에 당장 숙제를 써내야 하는 내 입장에서는, 먼저 이 문제에 대해서 스스로를 납득시키기에 충분한 답을 얻어내는 것이 당연한 순서겠지만, 막상 그 해답을 찾아 헤매고 있는 와중에도 어쩐지 조금은 서글퍼지는 게 현실이다. 나는 단지 예술이 아름다워서 좋았을 뿐인데. 단순히 문예로만 받아들일 땐 그리도 즐거웠던 문학이, 다만 씁답시고 잠깐을 앉아 있노라니 벌써부터 이렇게. 급기야 다들 잘 아는, 우리가 여태 알아온 문학이 이제는 너무 뻔하다고 뻔뻔하게 말하고픈 충동이 스멀스멀 기어 올라온다. 클래식은 당연히 좋지만 그렇다고 해서 지금 현재까지도 그걸 똑같이 답습하려는 구태는 싫은 거니까. 내심 뻔한 건 싫지만 차마 뻔뻔하긴 두려웠던 분들께 고합니다. 혹시 박수를 치시려거든 지금이 타이밍이라고. 갈릭은 좋지만 마늘은 싫어. 시나몬은 좋지만 계피는 좀 싫어해도 되는 거 아닌가?

1990년에 발매된 공일오비 1집 타이틀곡 〈텅 빈 거리에서〉 객원 보컬로 데뷔한 윤종신은 34년 차 베테랑 가수다. 긴 시간 자기 이야기를 노래해 온 사람. 방송인으로서는 언뜻 수다스러운 면도 없지 않지만, 노래로 이야기할 때만큼은 가볍지 않은, 설령 우스워 보일

수는 있을지언정 우습지는 않은 묵직한 사람. 학창 시절 내내 이어폰을 꽂고 살았던 내게는 이소라, 유희열, 신해철과 같은 라디오 스타가 여럿 있다. 물론 동명의 영화에 나오는 그런 의미는 아니다. 지금은 마치 따뜻한 로봇처럼 차게 식어버린 내게 그나마 채 마르지 않고 남아있는 감수성이 있다면 그건 죄다 그들 덕분인 거니까. 이들이 아니었다면 오늘의 나, 북방계 소녀는 존재하지 않았을 거다. 그 노래들은 지금도 여전히 내 재생목록에 남아 '나를 안아주는 플레이리스트' 중 한 부분을 차지하고 있으니까.

『계절은 너에게 배웠어』는 2018년 여름에 출간된 윤종신 산문집이다. 제목만 보더라도 실지 계절은 그들에게 배운 거나 다름없는 내게는 실로 거부할 수 없는 타이틀이었고, 더군다나 그의 가사를 좋아하는 나로서는 거절하기 힘든 치명적인 제안을 받은 거나 다름없었다. 무려 2004년에 〈이별택시〉라는 노래를 통해 "어디로 가야 하죠 아저씨"라며 발라드 가사의 전형을 보란 듯이 무너뜨린 그가 쓴 산문이라면 말이다. 그의 시선은 언제나 예술이었고, 본디 가사란 그렇게 글로, 무릇 노래란 이야기로만 만들어지는 거니까. 이 책은 여태 노래로 세상에 말을 건네온 싱어송라이터 이야기라기보다는 그간 가사라는 글을 성실히 써 내려온 라이터, 작사가로서 긴 시간을 충실히 살아온 인간 윤종신의 성장기가 주를 이룬다. 어언 34년을 노래해 온 그가 가사라는 한정된 음률, 그 위에서 다는 전하지 못한 행간의 의미와 아울러 쓰던 당시 본인의 진짜 심정이 어떠했는지를 이제서야 비로소 산문이란 형식을 빌려 친절히 밝힌다. 크게 4부로 나눠지는 목차 제목도 그가 써온 가사 중 한 구절씩을 소환해 냈을 뿐이다. 물론 발라드라는 장르 특성상 〈좋니〉처럼 사랑 이야기가 더 많은 사랑을 받았던 건 사실이지만, 그보다는 그간의 숱한 경험과 시행착오가 새겨진 최근작들이 좀 더 내밀하고 진실한 이야기에 가깝다는 고백을 전하면서.

자꾸 남을 밟고 위로 올라가려다 보니까 우리는 자꾸 자기 것이 아닌 남의 것을 만들게 되는 거예요.

내 이야기가 아니라 남의 이야기를 하게 되는 겁니다. 원래 노래는 내 이야기를 하려고 만드는 건데 말이죠.

- 세로(2017년 월간 윤종신 1월 호/48세 윤종신), p. 217

하지만 계속 그렇게 유혹에 굴복하다 보면, 내가 잘하는 게 아니라 남들이 좋아할 만한 것만 반복하다 보면, 자기 것은 완전히 없어져 버리고 말 겁니다. 남의 취향을 따라가는 건 결국 나를 지우는 거니까요.

음악을 그만두는 그날까지 계속 떠들고 싶습니다. 끝까지 창작자이고 싶어요.

- 추위(2017년 월간 윤종신 12월 호/48세 윤종신), p. 234

나 또한 누군가에게는 염탐 욕구를 절로 부르는 그런 사람으로 남고 싶다. 그러려면 무엇보다 꾸준히 남기는 게 우선일 테니, 지금처럼 부지런히 살아가겠지만 설령 혼잣말이 되더라도 상관은 없다. 왜냐하면 그건 세상에서 나만이 할 수 있는 내 이야기일 테니. 비슷한 건 결국 가짜에 불과하니까. 진짜까진 아니더라도 최소한 가짜이고 싶지는 않으니까. 중요한 건 규정 짓고 분류할 만한 형식이나 장르가 아닐 거다. 글이란 어쩌면 쓰는 이가 규정짓는 것이 아닌 어디까지나 독자들에게 어떻게 불리느냐의 문제일 테니까. 문학이란 당최 어떠해야 하며, 당신에겐 어떤 게 문학일까?

사랑 이야기는 응당 어떠해야 한다는 서사적 경계에 갇히지 말았으면 좋겠어요.
익숙한 것으로부터 자꾸 달아나려는 시도가 선행되어야 아이디어는 찾아와 줄 테니까요.

- 몬스터(2005년 10집/36세 윤종신), p. 82

예술에서 어떠해야 할 당최란 애초에 존재하지 않는 거라고 나는 믿는다. 응당 어떠해야 한다는 뻐언한 선입견에 상응하는 글이 현재는 결코 문학적이지 않을 것이기 때문에서라도. 내가 듣고 싶은 건 그보다는 저마다의 노래로 이루어진 각각의 인생 사운드트랙이니까. 지극히 개인적인, 저마다의 노래가 어쩐지 내게는 훨씬 더 문학적으로 다가오는 건 왜일까? 그건 아마도 시나몬은 좋아하지만 계피는 싫어하는 지독한 삐딱이여서 그런 걸지도 모르겠지만 달리 방법은 없다. 왜? 나는 개중에 그런 것만 고르고 골라서 좋아하니까.

좋은 가사란 구체적이면서도 구체적이지 않은 가사라고 생각합니다.

타인의 이야기로 그치는 게 아니라 내 이야기로 확장될 수 있는 가사. 보는 사람에 따라 해석이 분분한 가사.

- 거리에서(2006년 성시경 5집/37세 윤종신), p. 69

누군가 자기 마음을 입 밖으로 소리 내어 말해주기를 바랐던 거죠. 그러니까 답은 이미 자기 안에 있었던 거예요.

- 이별톡(2018년 월간 윤종신 3월 호/49세 윤종신), p. 43

나는 사람을 가리듯 가사도 좀 가린다. 그래서인지 갈수록 참고 듣기 힘든 노래만 늘어가는 느낌이랄까. 그렇다 보니 급기야 현재는 재즈를 더 많이 듣게 되어

버린, 웃픈 상황에 처해있는 것만 보더라도 말이다. 결국 가사란 이런 거다. 누구에게나 있었을 법한 어떤 날, 차마 내 입으로는 떨어지지 않는 이야기를 누군가 대신 전해주기를 간절히도 바랐던 그날, 때마침 나 대신 내 이야기를 노래해 준 고마운 글, 그런 가사여야 비로소 한 편의 노래가 되는 거다. 그 밤, 한없이 찌질했던 나를 안아주는 노래. 저마다 인생 BGM(Background Music, 배경음악)이란 그렇게 탄생되는 거니까. 아직은 이렇다 할 반려 도서랄 게 없는 나지만 그 또한 비슷한 과정이리라. 그렇다. 나만의 시선으로 바라본 그 장면을 다만 글로 표현할 수만 있다면 그건 문학이다. 그것도 아니라면 대체 뭐가? 문학은 어디에나 있다, 장면이 곧 문학이니까. 나만 알고 있기에는 차마 아쉽고 죄스러운 그 장면을 누군가 성실히 기록하고 정성스레 표현해 낸다면야 그걸 문학이 아니라고 하기는 힘들 테니까. 문학은 어디에나 있다. 활자와 인간 사이의 거리는 점점 더 멀어져서, 문학과 출판의 침체기라 일컫는 시대임에도 여전히. 그들이 뱉은 모든 말과 글이 내게는 문학 그 자체니까.

> 저는 가수가 된 다음에야 가수를 꿈꾸기 시작했어요.
> 꿈이 없다가 길이 보이기 시작하니까 내 꿈은 이거야,
> 하고 선택한 거죠.
>
> - 나의 이십 대(1996년 6집/27세 윤종신), p. 155

나 또한 알지 못했다. 책을 한 권 출간하고 나서야 비로소 작가의 꿈을 꾸게 될 줄은. 아무쪼록 그조차도 몰랐을, 지금도 현재진행형인 그의 문학적 행보가 기일게 이어져서 오오래 훔쳐볼 수 있기를 기대한다. 그렇다고 해서 그저 그에게만 거저 기대는 건 아니다. 나 또한 지금처럼 꾸준히 글을 쓰고, 심지어는 계속 더 잘 쓰고 싶어 할 테니 말이다. 성실한 창작자의 삶과 시선이 궁금한 사람이라면 아마도 이 책을 밀어내기가 더 어려울 거라 믿는다. 끝으로 이 글을 맺을 수 있게 도와준 재즈 피아니스트 빌 에반스에게도 무한한 감사와 경의를 표한다. 고마워요, 빌.

천국으로의 여행

「단테의 신곡」
알리기에리 단테, 구스타브 도레 그림,
다니구치 에리야 엮음, 양억관 옮김
황금부엉이

홍종인

저는 세례 받은 지 12년 된 천주교 신자로서 세례명
은 빈첸시오입니다. 현재 水처리 전문업체 ㈜대일환경
기술 대표이사로 있습니다. 일을 처리함에 있어, 주로
실리와 명분을 우선순위로 삼다 보니, 과정보다는 결
과를 더 중요시하게 됩니다. 회사는 이윤을 내고, 결과
물을 만들어 내야만이 가정에 보탬이 되고, 사회적 입
지도 만들 수 있다고 생각하고 늘 열심히 살았습니다.
그러한 과정에서 가끔, 불의와 타협도 하고, 부도덕한
처세 등 정직하지 못한 위선자로서의 모습인 저를 보

면서, 올바른 삶이 무엇인지 자문자답하면서도 답답함에 늘 목말라했습니다.

　이러한 질문에 답을 제시해 준 책 중 하나가 『단테의 신곡』입니다. 출판사는 여러 군데이지만 제가 이 책을 선택한 이유는, 분량이 짧고(타 출판사 3권에 비해 1권), 이해하기 쉽고 간략하게 설명해 놓은 점, 또한 19세기 최고의 일러스트레이터(삽화가) 구스타브 도레(1832~1883)가 그린 작품의 매력 때문인 것 같습니다.

　저자 알리기에리 단테는 1265년 피렌체의 소귀족 가문에서 태어나 어린 시절부터 고전문법과 수사학을 배웠으며 평생 고향을 위해 헌신했습니다. 중세 유럽의 학문적 전통을 총괄하는 대작 『신곡』은 기독교적 시각에서 인간 영혼의 정화와 구원에 이르는 고뇌와 여정을 배경으로 기독교 정신과 그리스, 로마 신화의 세계를 융합하여 르네상스 문화운동의 촉매 역할을 했습니다. 당시 권력의 당파 싸움에 휘말려 고향인 피렌체에서 추방당한 단테 자신의 경험을 바탕으로, 정치 상황을 냉정하게 분석하면서 풍자하고 있습니다. 단테가

추방된 시기인 1308년부터 쓰고, 죽기 1년 전인 1320년에서야 완성한 장편 서사시입니다. 또한 라틴어로 기록된 것이 아닌 이탈리어로 된 최초의 기록으로 인정받은 문학 작품입니다.

단테의 『신곡』은 총 14,233행의 장대한 서사시로, 그 시대 사회문제를 날카롭게 분석하고 풍자한 중세 문학의 명작입니다. 단테 자신이 하느님의 은총으로 베르길리우스와 베아트리체의 도움을 받아 지옥, 연옥, 천국으로 여행하며, 내세의 영혼 세계를 경험한 내용입니다. 단테가 35세 때 길을 걷다 산짐승들에게 위협당하다가 만난 로마의 시인 베르길리우스의 안내로 여행이 시작됩니다. 「지옥편」에서 보여주는 지옥은 제1층 꼭대기부터 맨 밑, 제9층까지 나뉘어 있고 죄의 경, 중에 따라 죗값을 받게 됩니다.

단계별로 간단히 설명하자면, 제1층 변옥(Limbo)은 고대인이나 타 종교인 등 세례 성사를 받지 않은 선한 자가 가는 곳으로 헥토르, 아리스토텔레스, 플라톤 등 그리스, 로마 철학자 대부분이 등장합니다. 제2층 음욕 지옥(Lussuriosi)은 색욕에 빠져 간통 등 자신과 주변 사람들을 파멸로 몰아넣은 자들이 가는 곳으로 클레오파트라, 헬레네와 파리스(트로이 전쟁) 등이 등장합니다.

제3층 식탐 지옥(Goloi)은 폭음, 폭식과 중독에 빠진 자가 가는 곳입니다. 제4층 탐욕 지옥(Avari e prodighi)은 재물에 집착하여 죄를 지은 죄인들이 가는 곳으로 부패한 성직자들, 교황 보니파시오 8세를 따랐던 상인 계층들이 등장합니다. 제5층 분노 지옥(Iracondi ed accidiosi)은 분노의 감정을 억제하지 못하고 죄를 저지른 자들이 가는 곳입니다. 제6층 이단 지옥(Eretici)은 해로운 사상을 믿고 퍼트린 자들이 가는 곳으로 프리드리히 2세, 교황 아나타시오 2세, 이름 모를 추기경 등이 등장합니다.

제7층 폭력 지옥(Gironi/Violenti)은 폭력을 휘두른 자들이 가는 곳으로 타인에게 해를 끼친 자, 자신에게 해를 끼친 자, 하느님과 자연에게 해를 끼친 자로 나뉘어 고통받고 있고 알렉산드로스 대왕, 피로스 1세 등이 등장합니다. 제8층 사기 지옥(Fraudolenti/Malebole)은 사기로 주변 사람을 파멸로 몰아넣은 자가 10겹(인신매매, 아첨군, 성직 매매자, 미신을 이용한 자, 부패 정치인, 위선자, 도둑, 교사범, 사회 부열 및 불화 조성자, 위조범)의 구덩이에서 10종류의 벌을 받고 있는 곳으로 교황 니콜라오 3세 등이 등장합니다.

제9층 배신 지옥(Traditori/Cocito)은 국가, 가족, 친구, 스승, 은인 등을 배신한 배신자들이 가는 곳으로 루시퍼, 브루투스, 유다 등이 등장합니다. 작가는 「지옥편」에서 누구나 죄를 지으면 죽어서 지옥이라는 곳에 떨어져 무섭고 잔인한 형벌을 받는다고 강조하고 있습니다. 단테와 베르길리우스가 지옥의 여정을 끝내고 산지기 카토를 만나 반대편 "연옥의 산"으로 올라가면서 연옥의 여행이 시작됩니다.

연옥의 산은 교만, 질투, 분노, 나태, 탐욕, 탐식, 방탕에 대한 죄의 형벌 7개로 나누어져 있습니다.

연옥의 망자들은 각각의 나쁜 성격을 정화하기 위해, 스스로 벌을 견뎌내고 있다. 거기서 견뎌야 할 시간의 길이는 본인의 태도에 따라 다르지만, 그 사람의 행복과 정화를 기원하는 "살아있는 사람들의 힘"도 크게 작용한다.

- p. 200

　여기서 "살아있는 사람들의 힘"이란 천주교에서 행하는 기도 중, 연옥에 있는 자를 위한 기도를 의미합니다. 천주교 신자들은 그 기도를 함으로써 연옥에서 천당으로 좀 더 빨리 갈 수 있다고 믿으므로 연옥에 있는 자들을 위한 기도를 자주 하고 있습니다. 연옥이 지옥과 다른 점은 형벌 집행이 악마가 아닌 천사에 의해 행해지며, 죄인은 주로 심리적이고 정신적인 죄를 지어 벌을 다 받고 영혼이 정화되었을 때 다시 구원을 받아 천국으로 갈 수 있다고 합니다.

　천국은 연옥의 산 정상에 위치하고 있으며, 단테는 천국에 올라가자 그의 첫사랑이었던 베아트리체를 만나게 됩니다. 천국도 월천, 수성천, 금성천, 태양천, 화성천, 목성천, 도성천, 항성천, 원동천 9개로 나누어져 있고, 베아트리체의 안내로 여행하게 됩니다.

나는 베아트리체에 이끌려 황금 사다리에 발을 올렸다. 나는 하늘을 날아간다. 성자들의 모습이 보인다. 성 베드로, 요한이 보인다. 마지막으로 그들은 나의 힘을 시험 하려는 듯, 여러 가지 질문을 던졌다. 희망이란, 사랑이란, 평화란, 믿음이란 무엇인가. 갑작스런 그런 질문에 대해 나는 나도 모르게, 메아리처럼 대답했다. 한순간의 주저도 없었다. 아마도 인간에게 사랑이란, 그런 원초의 힘일 것이다. 나는 완벽하게 자유로웠다. 나는 빛 속에 있었다. 빛 속에서 단테는 비로소 하느님을 가까이하게 되고, 그의 영혼은 하느님의 사랑과 함께하게 된다.

- p. 242

작가는 『신곡』에서 상상 속의 지옥, 연옥, 천국을 상세히 묘사해 놓았고, 또한 여행을 통해 만난 다채로운 캐릭터와 이야기는 우리가 현재 삶을 어떻게 살아가야 할지 제시해 놓았습니다. 솔직히 당시 교황님들을 비롯한 많은 성직자의 실명을 거론한 부분에 대해선, 천주교 신자로서 읽기가 많이 불편했습니다.

저자가 강조하고자 한 것을 내용의 비중을 통해 짐작해 보면, 지옥이 50%로 가장 많고, 다음이 연옥 30%, 천국 20% 정도로 그 당시 청치적 대립과 음모, 사랑하는 사람과 사별, 고향에서의 추방 등으로 인한 작가의 복잡한 심경이 「지옥편」에 많은 비중으로 자리하고 있습니다.

단테는 그 당시 권력의 중심에 있던 부패한 정치인이나 종교인, 사리사욕만 챙기는 기득권자가 지옥, 연옥에서 벌 받게 하면서 왜 그들이 거기서 벌을 받고 있는지 상세히 설명을 하고 있습니다. 작금의 정치 상황에 비추어 봅니다. 이 순간!! "대리 만족의 이 느낌은 뭐지? 허허." 씁쓸합니다. 저도 때 묻은 과거를 되돌아보고, 자기중심적인 현재의 삶을 정화시켜 미래에 맑은 "홍종인 빈첸시오"의 모습으로 거듭나기를 다짐해 봅니다.

비문학

습관적 행복을 권하다

「오티움」
문요한
위즈덤하우스

코로나19에 걸린 건 상당히 괜찮은 기회였다. 보고 싶지만 미뤄두었던 영화와 드라마를 질릴 때까지 보기에는. 그런데 허리가 아플 때까지 소파에 앉아있다 보니 묘한 허탈감이 밀려온다. 나 이래도 되나?

문화체육관광부에서 실시한 '2022년 국민여가활동 조사'에 따르면 우리 국민 평균 여가시간은 평일 3~4시간, 휴일 5~6시간 정도이다. 노동시간과 출퇴근시간, 수면 등 필수 활동을 제외한 순수한 여가시간이다 보니 무척 적은 편이다. 그렇다면 이처럼 작고 소중한 여가시간에는 무엇을 할까? 절반 이상은 특별한 활동

없이 그냥 쉰다고 답했다. 그리고 남은 절반의 대부분도 TV나 모바일 기기로 영상을 보며 보낸다고 조사되었다. 그렇다. 나는 아주 평범하게 여가를 즐긴 것이다.

'여가餘暇'라는 말을 사전에서 찾아보면 '일이 없어서 남는 시간'으로 풀이된다. 이 단어를 좀 꼬아서 해석하면 삶의 중심은 '일'이라는 말이 된다. 그래서 일을 하거나, 일을 하기 위해 준비하거나, 일을 하기 위해 잠을 잔 시간을 제외한 나머지 시간, 비로소 조금 남은 그 시간을 '여가'라고 부르는 것이다. 그러한 여가시간에 그냥 쉬거나 영상 좀 보는 것이 어떠랴 싶다.

정신과 의사인 문요한은 저서 『오티움』에서 여가에 대한 이야기를 다룬다. 저자는 이 책에 앞서 치유에 관한 여러 책을 펴낸 바가 있다. 정신과 의사로 살아오며 만난 다양한 사례를 통해 사람은 누구나 내면 치유가 필요하다는 생각으로 관련 책들을 집필해 온 것이다. 『오티움』 또한 스스로 살아갈 힘을 얻는 자신만의 방법을 찾는 것에 대해 이야기하고 있다.

저자는 오티움을 이야기하기 전 먼저 라틴어 '네고티움negótium' 이라는 단어를 소개한다. 여가시간 외의 시간을 가리키는 말, 즉 '일' 이라는 의미이다. 라틴어에는 '일' 을 뜻하는 고유명사가 없고 여가 외 시간을 '일' 이라 한다. 우리말에서는 일을 중심에 두고 일하지 않는 시간을 여가라고 불렀는데 라틴어에서는 정반대로 여가를 중심에 두고 여가 외 시간을 일, 네고티움이라고 부르는 것이다. 그렇다면 우리말 '여가시간' 에 해당하는 라틴어 단어는 무엇일까? 바로 '오티움ótium' 이다.

책에 의하면 '오티움' 이라는 단어는 '내 영혼에 기쁨을 주는 능동적 여가 활동' 이라고 풀이된다. 억지로 하지 않고 하고 싶어서 하는 일, 그러면서도 나의 에너지를 채우는 활동을 말하는 것이다. 저자 자신이 진료실에서 만난 환자들을 통해 '오티움' 의 필요성과 중요성을 느낀 후 독자들에게도 어떻게 오티움을 찾아갈 수 있을지 방법을 제시하고 있다. 자신 또한 일에 몰두한 삶을 살다가 안식년을 통해 삶을 대하는 자세가 바꿰었다 이야기한다. 오티움 찾기는 저자의 경험이기도 한 것이다.

사람이 누구나 다르듯 오티움도 사람마다 다르다. 그래서 운동이나 문화예술, 창작과 요리, 종교활동과 봉사활동까지 무엇이나 오티움이 될 수 있다. 하지만 아무리 즐거워도 음주나 도박처럼 중독성이 있거나 나와 남을 해치는 활동은 오티움이 될 수 없다고 한다. 중요한 것은 어떤 활동이든 그것이 나를 충만하게 하는가, 그것이 핵심이기 때문이다. 책임이나 의무가 아니고 보상과 결과가 따르지 않아도 활동 자체로 나를 채워주는 일들, 그런 것이 오티움이며 이로 인한 즐거움을 경험하는 것이 중요하다. "우리가 행복하려면 즐거운 경험을 찾아내고 이를 늘려가"야 하는 것이다.

한때 우리 사회에서 '만족지연'이라는 소재가 크게 주목받았던 적이 있다. 달콤한 간식이 눈앞에 있어도 뒤에 따를 더 큰 보상을 기대하며 먹지 않은 아이들이 훗날 더욱 성공한다는 실험에 관한 책이 인기를 얻으면서부터이다. 원하는 것을 얻기 위해 눈앞의 기쁨을 포기하길 권장한 이 책은 자기개발서이자 육아, 교육서로도 많이 활용되었다. 우리 사회가 이 책에 높은 관심을 두었던 이유는 세계적으로 찾아볼 수 없는 고난과 경제부흥을 함께 겪은 대한민국에서는 먹고사는 문제가 무엇보다 중요하여 개인의 '만족'을 따지는 것은 사치라는 인식이 저변에 깔려있었기 때문은 아닐까. 현재의 만족을 포기하고서라도 미래의 이득을 택할 수 있다면 응당 그랬어야 했던 시대를 거쳐온 일종의 아픈 습관 같은 것은 아닐까.

하지만 저자는 건빵을 먹을 때, 굳이 건빵부터 먹고 마지막에 별사탕을 먹을 필요가 없다고 말한다. 건빵의 목 막힘을 이겨내고 마지막에 입안 가득 먹는 별사탕이 무척 달겠지만, 건빵과 별사탕을 번갈아 먹으며 한 봉지를 먹는 내내 소소하게 행복할 수도 있다는 것이다. 그리고 정신의학자의 관점에서는 그것이 자신에게 진료받으러 오는 일을 줄이는 방법이라고 제시한다. 그런 의미에서 독자들이 습관적으로 행복할 수 있는 도구, 즉 '오티움'을 발견해 나가길 권유하는 것이다.

아쉬운 점은 책 후반으로 갈수록 오티움을 정의하고 분류하며, 이를 찾고 행하는 방법을 너무 구체적으로 제시하고 있다는 것이다. 많은 자기개발서들이 내면화되지 못하는 것은 실천방법들이 현실과 거리가 있어서이지 않을까 생각한다. 이 책은 그런 종류의 자기개발서와는 거리가 있다. 그래서 그저 오티움이라는 개념을 제시하고 공감대를 형성하는 것만으로도 충분히 가치 있는데, 어떤 독자에게는 너무 구체적 내용 제시가 실천과제처럼 느껴져 부담을 주지 않을까 우려된다.

하지만 이 책은 자신을 되돌아보고 나를 소중히 여기며, 그런 소중한 나를 위해 무언갈 해야겠다는 의지를 북돋아 주는 것만으로 추천할 만한 이유가 충분하다. 책은, 소파에 앉아 멍하니 TV를 들여다보던 시간들, 그 시간들에 대해 열심히 변명을 해대던 내게도 그것이 진정 내 영혼을 위한 시간이었나 하는 의문을 갖게 만들었다. 그렇듯 무기력함과 쉽게 타협하고 있을 누군가, 어쩌면 당신일지 모를 그 누군가에게도 또다시 물음을 던질 것이다. 당신의 영혼은 안녕하십니까.

말은 사람을 움직인다

「말이 칼이 될 때」
홍성수
어크로스

김영도

말은 사람을 죽일 수도 있고 살릴 수도 있는 엄청난 힘을 가지고 있다. 말의 주요 기능으로 의사소통, 정보 전달, 감정 표현이 있지만, 그에 못지않게 한 집단의 문화와 정체성을 형성하는 데 큰 역할을 하고 있다. 따라서 어느 집단이 어떤 말을 사용하고 있는가를 살펴보는 일은 그 사회를 들여다보는 척도가 될 것이다.

2013년 일베가 등장하고, 2016년 강남역 여성 살해 사건 이후로 우리 사회에서 혐오라는 말이 공기처럼 떠돌고 있다. 사전적 의미로 '혐오'는 매우 싫어하고 미워한다는 뜻이다. 종전에 자주 쓰이던 '혐오시설',

'혐오식품'처럼 시설이나 음식을 수식하는 말과 '혐오표현'에서의 혐오는 그 의미가 다르다.

『말이 칼이 될 때』의 저자 홍성수는 숙명여대 법학부 교수로 재직하며, 법철학과 법사회학을 가르치고 연구하고 있다. 표현의 자유, 국가인권기구, 법과 규제, 기업과 인권, 학생 인권, 여성 인권, 혐오 표현 등의 주제를 집중적으로 다뤄왔으며, 법과 인권에 관련된 우리 사회의 첨예한 이슈들에 대해서도 적극적으로 개입하고 발언해 온 학자이다.

2012년 '표현의 자유를 위한 정책 제안 보고서'의 혐오표현 파트 집필에 참여하면서 집중적인 연구를 하게 되었다. 공청회, 토론회, 집회 현장에서 소수자들과 함께 혐오표현으로 얻어맞으면서 말이 칼이 될 수 있다는 사실을 알게 되었다.

저자 스스로 자신에 대해서 "나는 한국의 다수자다. 정규직 남성 노동자이자 비장애인이고 이성애자다. 혐오표현의 문제를 머리로 관념화할 수는 있을지언정 마음으로 느끼고 받아들이는 건 쉽지 않았다."라고 고백하며 이 책을 쓰게 된 목적을 분명하게 밝히고 있다.

혐오표현을 낳는 근본 원인을 제거하고 사회의 내성을
키우는 것 역시 중요한 과제다. 이를 위해서는 개인적 실
천도 필요하고 범사회적인 대응도 필요하고 범국가적 차
원의 법적, 제도적 조치도 필요하다. 문제가 복잡한 만큼
해법도 간단하지는 않다. 쉽지 않지만, 이 복잡한 문제를
하나하나 분석하고 체계적이고 전략적인 해법을 제시하
는 것이 이 책의 목표다.

- p. 20

총 14장으로 되어있는데 혐오표현은 무엇이고 왜 문
제인가부터 시작해서 혐오표현의 유형, 해악을 잘 정
리하고 이것이 증오범죄와 어떻게 연결이 되는지 다양
하고 구체적인 실례를 들어서 보여준다. 이 책의 장점
은 개념을 정리하고, 문제를 드러내는 것에 멈추지 않
고 역사적, 정치적, 법적으로 해법을 제시하기 위해 노
력한다는 점이다.

된장녀, 틀딱, 맘충 등은 우리가 주변에서 쉽게 들을 수 있는 일정 집단을 비하하는 표현이다. 그러면서 "고작 말 한마디가 무슨 피해가 크겠어."라고 대수롭지 않게 생각하고 만다. 하지만 이런 표현들은 특정 집단의 부정적인 측면을 고정관념화하여 위축시키고 사회에서 배제하는 결과를 가져온다. 혐오표현의 특징은 사회적으로 소수자나 약자를 대상으로 한다는 것이다.

일부에서는 표현의 자유를 들먹이며 혐오표현도 허용되어야 한다고 주장한다. 이에 대해서 저자는 분명하게 말한다.

혐오표현이 공존의 조건을 파괴한다면 이것은 헌법적 가치인 '인간 존엄', '평등', '차별로부터 자유로울 권리', '연대성' 등을 훼손하는 것이다. 표현의 자유도 중요하지만, 표현이 이러한 가치들을 파괴한다면 표현의 자유가 우선시될 수는 없다. 만약 혐오표현이 소수자를 사회에서 실질적으로 배제하고 청중들을 차별과 배제에 동참하도록 유도하는 등의 현실적 해악을 가지고 있다면 평등과 인간 존엄 등 다른 헌법적 가치의 수호를 위해 혐오표현을 규제해야 할 것이다.

- p. 81

우리가 혐오표현에 대해 심각한 고민을 해야 하는 이유는 단순히 말에 멈추는 것이 아니기 때문이다. 인류사에 있어 얼마나 큰 폐해를 가져왔는지 혐오의 피라미드를 살펴보면 알 수 있다. 특정 집단에 대한 부정적 고정관념을 편견이라고 하는데, 같은 생각을 하는 사람들 사이에서 편견을 공유하게 되면서 혐오표현으로 발전한다. 이것은 소수자를 조롱하고 위협적·모욕적·폭력적 말이나 행동을 포함한 집단적 따돌림으로 "포용의 공공선"을 파괴하는 원인이 된다. 집단적 차별행위로 이어지면서 폭행, 협박, 강간, 방화, 테러, 기물 파손과 같은 증오범죄가 발생하고 결국은 특정 집단에 대한 의도적, 조직적 말살인 집단학살 즉 제노사이드와 같은 대규모 범죄로 이어졌던 역사적 경험을 가지고 있다.

인간사에서 말이 얼마나 큰 역할을 하는지 이 책을 읽으면서 절실하게 느낄 수 있었다.

말이 넘쳐나는 선거의 시간이 다가오고 있다. 얼마나 많은 혐오의 말들이 날카로운 칼이 되어 서로를 찌르게 될지. 좀 더 많은 사람이 이 책을 읽고 말에 책임을 지는 사회가 되기를 바란다.

뇌, 그게 뭐라고, 이토록 경이로운가

『이토록 뜻밖의 뇌과학』
리사 펠드먼 배럿, 변지영 옮김, 정재승 감수
더퀘스트

나진영

'뇌가 당신에 대해 말할 수 있는 7과 1/2가지 진실'이라, 과연 뇌는 나에게 어떤 진실을 말하는지 궁금하다. 내가 알고 있는 뇌에 관한 사실 중에 진짜가 아닌 게 있다는 뜻일까. 그래서 진실이라는 말을 하는가. 뇌를 안다는 것, 뇌에 관심을 가지는 것은 나와 너를 알고 우리를 안다는 것이다. 한글 제목도 눈에 선명하게 들어온다.

『이토록 뜻밖의 뇌과학』. '뜻밖'은 표준국어대사전에 '전혀 생각이나 예상을 하지 못함'이라고 나온다. 더 궁금해진다. 뇌과학에 관해 아는 지식은 별로 없지만, 뇌에 대한 관심은 점점 커져가는 지금, 이 책은 뇌에 대해 어떤 진실을 알려주려는 걸까.

이 책의 저자는 리사 펠드먼 배럿이다. 심리학 및 신경과학 분야의 혁신적인 연구로 세계에서 가장 많이 인용된 과학자 중 상위 1퍼센트에 속하는 신경과학자다. 노스이스턴대학교의 석좌교수이자 매사추세츠 종합병원에도 재직 중이다. 하버드대학교 '법·뇌·행동센터'의 수석과학책임자다.

> 배럿은 정서신경과학(감정의 신경생물학적 메커니즘을 탐구하는 뇌과학 분야) 분야에서 흥미로운 연구 결과를 발표하고 의미 있는 가설들을 제안해왔다. … 배럿은 '인간의 감정은 문화적 환경 속에서 후천적으로 학습되고 구성되는 생물학적 토대를 가진다'는 획기적인 이론으로 주목받은 바 있다. … 배럿은 이렇게 가장 원초적인 감정조차도 사회적 구성물임을 주장해 학계를 놀라게 했다.
>
> - p. 6~7

지은 책으로 『감정은 어떻게 만들어지는가?』가 있으며 『정서 편람』, 『정서와 의식』 등의 학술서를 공저했다.

『이토록 뜻밖의 뇌과학』 책의 뒷면에서 인간의 뇌가 하는 가장 중요한 일은 '생각'이 아니다라고 하며 이 세상에 이토록 다양하고 때로 상충하는 마음들이 있는 까닭과 뇌가 모든 것을 예측한다면, 우리에겐 그 예측을 바꿀 힘과 책임이 있는지, 아이들을 돌보는 일이 지금껏 알던 것보다 훨씬 중요한 뇌과학적 이유가 무엇인지 우리에게 질문을 던진다. 우리의 호기심을 넘어서 알고 싶은 욕구를 일으킨다. 과학의 최전선에서 보내온 아주 짧은 뇌과학 강의는 모두 8강으로 구성되어 있다. 1/2강과 7강이다. 그리고 부록으로 '과학 이면의 과학'이 있다. 8강에 앞서 '이 책을 감수하고 추천하며' 정재승의 글이 있다. 이 글을 읽고 8강으로 들어가면 이 책을 이해하는 데 도움이 되고, 저자인 리사 펠드먼 배럿에 대해 알고 가는 재미가 있다.

1/2강 '아주 짧은 진화학 수업 - 뇌는 생각하기 위해

있는 게 아니다' 라고 하며 뇌 없는 생명체 활유어를 언급한다. 우리와 공통 조상을 갖는다고 한다. 잡아먹는 행위인 포식은 뇌가 발달하는 데 기여했고 뇌는 진화되어 왔다. 뇌는 왜 이처럼 진화했는가에 대한 대답은 불가능하다.

진화는 목적을 갖고 일어나는 것이 아니기 때문이다. 진화에는 '왜' 가 없다. 뇌가 하는 가장 중요한 일은 생각하는 것이 아니다. 작은 벌레에서 진화해 아주 아주 복잡해진 신체를 운영하는 것이다.

- p. 31

신체를 운영하는 것은 생존을 위해 에너지가 언제 얼마나 필요한지를 예측하고 대비하여 신체를 제어하는 것이다. 그것을 '알로스타시스' 라고 한다. 우리가 뭔가를 하거나 어떤 감정을 느끼거나 어떤 경험을 할 때 몸의 신진대사 예산에 자원을 넣거나 빼낸다고 느끼지 않지만, 신체 내부에서는 그런 일이 일어난다. 그런 신체예산 분배를 뇌가 하며 그렇게 해서 다음 세대에 유전자를 전달한다.

1강 '오래된 허구를 넘어서-뇌는 하나다, 삼위일체의 뇌는 버려라'. 뇌에 대한 오래된 허구가 바로 삼위일체의 뇌다. 20세기 중반 내과 의사 폴 매클린이 뇌가 3층으로 이루어져 있다는 가설을 공식화했다. 단지 눈으로만 죽은 도마뱀과 포유류, 인간의 뇌를 현미경으로 관찰한 것이다. 천문학자 칼 세이건이 1977년 출간한 저서 『에덴의 용』에서 삼위일체의 뇌를 일반 대중에게 널리 알렸다. 하지만 '삼위일체의 뇌' 가설이 틀렸음을 이 책은 말한다. 모든 포유류는 신체 크기에 비해 비교적 커다란 뇌를 가졌으며, 대뇌피질 역시 뇌에 비해 비교적 커다랗다. 또한 "우리의 뇌는 쥐나 도마뱀의 뇌보다 더 진화한 것이 아니라 다르게 진화한 것이다."(p. 51)

2강 '인간의 뇌를 만드는 방식-뇌는 '네트워크'다'. 뇌는 하나의 신경망, 하나의 단위로 작동하도록 연결된 부분들의 모음이라 할 수 있다. 뇌 네트워크는 항상

켜져 있다. 모든 신경세포는 배선을 통해 서로 끊임없이 수다를 떤다. 내가 무언가를 향해 손을 뻗는다. 이런 동작도 할 때마다 다른 신경세포들의 조합에 의해 이루어진다는 사실이 놀랍다. 뇌를 복잡한 네트워크로 이해하면 우리 뇌가 어떻게 인간의 마음을 만드는지 숙고할 수 있다.

3강 '인간의 양육에 관하여-어린 뇌는 스스로 세계와 연결한다'. 아기의 뇌가 점차 어른의 뇌로 바뀌어가는 데는 양육이 중요하다. 양육은 본성과 연결되어 있다고 생각한다. 또한 좋은 양육자와 좋은 사회적 체계가 필요하다. 우리는 양육이 필요한 본성을 지녔고, 우리의 유전자가 완성된 뇌를 만들어내려면 적절한 물리적 환경과 사회적 환경, 적소가 필요하다. 어른 뇌로 자라는 과정에 미치는 환경의 중요성을 알 수 있다.

4강 '당신보다 뇌가 먼저 안다-뇌는 당신의 거의 모든 행동을 예측한다'. 이 그림은 이 책 107쪽에 실린 것이다. 무엇이 보이는가? 우리가 보는 것을 만들어내는 결정적인 요소는 우리의 기억이다. 아래 그림은 〈물구

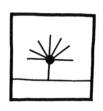

나무서기를 하는 거미〉다. 이제 거미가 보이는가. 로저 프라이스의 『궁극의 드루들 개요서: 고전적이고 엉뚱한 창작에 관한 엄청나게 완벽한 컬렉션』에서 발췌한 것이다. 우리가 보는 것은 세상에 있는 것과 우리 뇌가 구성한 것의 조합이다. 다른 감각들도 마찬가지다.

> 오늘의 행동은 내일 뇌가 내놓을 예측이 되며, 그 예측들은 자동으로 당신이 앞으로 할 행동을 이끌어낸다. 따라서 당신에게는 새로운 방향으로 예측하는 뇌를 길러낼 자유가 있으며, 그 결과에 대한 책임도 당신이 져야 한다.
>
> - p. 123

잠시 모든 것을 멈추고 이토록 뜻밖의 뇌과학에 전율한다.

5강 '타인의 뇌라는 축복 또는 지옥-당신의 뇌는 보이지 않게 다른 뇌와 함께 움직인다'.

> 궁극적으로 가족·친구·이웃, 심지어 낯선 사람들까지도 우리 뇌 구조와 기능에 기여하며 우리 뇌가 몸을 잘 운영하게끔 돕는다.
>
> - p. 127

눈에 보이지는 않지만 우리의 뇌와 몸은 다른 사람의 몸속에 있는 뇌와 강렬하게 연결되어 있다. 인간은 '말'이라는 도구로 서로의 신체예산을 조절한다. 뇌는 내 안의 네트워크이며 다른 사람의 뇌와도 연결되어 있다니, 어쩌면 함께 하는 사회에서 당연히 그럴 수 있다는 생각이 든다.

6강 '다양성이 표준이다-인간의 뇌는 다양한 종류의 마음을 만든다'. 뇌가 하는 신체예산 활동이 어떻게 정신적 느낌으로 전환되는지는 아직 미스터리다. 그것은 우리 몸이 우리 마음의 일부라는 것을 확인시켜 준다.

7강 '뇌 속에 존재하는 세계 - 인간의 뇌는 현실을 만들어낸다'. 작가 린다 배리의 명언처럼 "우리가 판타지 세계를 만드는 것은 현실을 회피하기 위해서가 아니라 현실에 머무르기 위해서다."(p. 177) 추상화, 창의성, 의사소통, 협력, 모방, 이 다섯 가지가 사회적 현실을 만들고 공유하게 만드는 방법이다. 사회적 현실은 책임을 동반하고 우리 유전자의 진화 속도와 과정을 바꿀 수 있다고 한다. 이 지점에서 뇌과학의 밝은 빛을 본다.

사회적 현실은 우리의 가장 큰 업적 중 하나일 수 있지만 서로를 향해 휘두를 수 있는 무기이기도 하다. 또한 우리가 인식하는 것보다 현실에 더 큰 책임이 있다.

- p. 180

배럿은 이 책의 '들어가며' 에서 두 귀 사이에 있는 3파운드(1.36킬로그램)짜리 덩어리가 어떻게 우리를 인간이게 하는지 이 책을 읽으면서 알아가는 즐거움을 느

끼고, 당신이 어떤 인간인지, 어떤 인간이기를 원하는
지 생각하도록 권유한다. 진화에는 '왜'가 없다고 하
니 왜 그런지 질문할 수 없지만, 지금의 인간 뇌가 이
책에서 강의한 그런 진화 과정을 겪었고, 알 수 없는
사실들은 연구 중이라는 말이 희망을 준다. 은근히 아
니었으면 하는 진실 앞에 우리의 책임을 말한다. 쉽고
흥미로우며 부록이 채워주는 재미가 있다. 이 책을 덮
으며 배럿이 '들어가며'에서 한 말이 저절로 떠오르고
이 책에게 감사한다. 그런 의미에서 충분히 이 책은 읽
고 소장할 가치가 있다.

시대에 맞춰 변한 세대, 이해보다는 더 깊이 알기

『2000년생이 온다』
임홍택
11%

윤미영

2000년, 즈믄둥이로 태어난 우리 집 큰딸은 2024년 현 정부의 나이로 이제 23살이 되었다. 작년 이맘때 대학교를 졸업하고 이제 다 키웠다 싶었는데 캥거루족이라는 그 뼈아픈 말을 1년째 내가 겪고 있다. 취직은 생각지도 않고 무슨 생각인지 집, 아니 자기 방에서 밥을 먹을 때, 생리현상을 해결해야 할 때를 제외하고는 방문 밖을 나오는 법이 없다. 그래서일까? 이 책은 2000년생을 둔 부모 입장에서 시선을 끌기에 충분했다.

2023년 출판된 이 책은 2000년생을 들여다볼 수 있는 유일한 통로를 보는 듯하다. 먼저 프롤로그에서부터 2000년생을 들여다볼 수 있는데 "제가 가장 좋아하는 일은 '아무 일도 안 하는 것'입니다." 작가가 지역 청년 콘서트 행사장에서 "'내가 가장 좋아하는 일'을 자신 있게 말할 수 있는 분?"이라는 질문에 2000년생 대학생에게 나온 대답이다. '내가 가장 좋아하는 일'에 '아무 일도 안 하는 것'이라니…. '일'을 표준국어대사전에서 찾아보면 '무엇을 이루거나 적절한 대가를 받기 위하여 어떤 장소에서 일정한 시간 동안 몸을 움직이거나 머리를 쓰는 활동. 또는 그 활동의 대상'이라고 정의하고 있다. 이런 정의를 봤을 때 '일'이란 단어를 알고 대답한 것이 맞는지 의문이 들기도 하고 이해하기 어려운 답변이다. 작가는 이 답변에 당황했지만 그런 대답조차 일종의 시대와 세대의 변화라는 생각을 했다고 한다.

1982년생인 임홍택 작가는 작가 소개에 따르면 1990년대에 출생한 신입사원들과 소비자들을 마주하며 받았던 충격적인 경험들을 바탕으로 「9급 공무원 세대」를 연재해 제5회 브런치북 프로젝트에서 은상을 받았으며, 이 내용이 담긴 『90년생이 온다』(2018)는 '2018년 올해의 경제/경영서' 와 '서점인이 뽑은 2019년 올해의 책' 에 선정되었다고 한다. 작가는 『90년생이 온다』 후속작으로 『2000년생이 온다』를 출판했다. 이 책에 있는 추천사의 일부이다.

『2000년생이 온다』에서 가장 인상 깊은 것은 시대뿐만 아니라 세대도 변화한다는 것이다. 시대와 세대는 서로 영향을 미치며 변화해간다. 전작 『90년생이 온다』에서 보여줬던 작가의 명쾌하고 담대한 해석은 이번 책에서 더욱 빛을 발한다.

- 민희경_CJ제일제당 사회공헌추진단장

추천사를 서두로 이 책은 프롤로그 '일이 1이 되는 순간', 1부 '2000년대생의 등장', 2부 '무엇이 우리를 변하게 만들었는가', 3부 '2000년대생의 세대적 특징 3가지', 4부 '세대 갈등을 어떻게 조율할 것인가', 그리고 에필로그 '새천년 즈믄둥이가 성인이 된 날' 을 마지막에 두고 있다. 그러나 목차에서 보듯이 2000년 대생에 대해서만 이야기하는 책은 아니다. 시대의 흐름과 세대의 변화를 연관지어 말한다.

> 세대와 시대는 유기적인 관계를 가진다. … 그 시대에 맞춰 가장 많은 변화를 일으키는 것도, 변화한 시대에 가장 빨리 적응하는 것도 젊은 세대일 수밖에 없다. … 지금의 시대를 제대로 이해하기 위해서는 지금의 시대를 보여주는 거울인 젊은 세대에 대해서 알아볼 필요가 있다.
>
> - p. 69

이 책은 '세대를 이해하기'가 아니라 '제대로 알아갈 필요가 있다'고 말한다.

> 그래서 나는 세대 갈등을 해결하는 키로 '가슴으로 이해하기'가 아니라 오히려 '머리로 알기'를 다시 한번 강조한다.
>
> - p. 241

이 책을 처음 접했을 때 '2000년생을 어떻게 이해할 것인가?'에 초점을 두고 읽었다. 2000년생인 딸아이를 이해하고 싶어서인지도 모르겠다. 하지만 책을 거듭할수록 작가가 겪은 직접경험과 미디어에서 겪은 간접경험으로 들어 놓은 예시는 2000년생을 이해하기보다는 알아가는 데 충분했다. 또한 책 내용 사이사이에 삽입되어 있는 예문과 예시는 시각적인 요소를 더해 재미를 주었다.

"피할 수 없으면 즐겨라"라는 말이 있다. 이 말은 미국의 심장 전문 의사 로버트 엘리엇Robert S. Eliet의 저서 『스트레스에서 건강으로』에서 나온 문구로, 매사를 긍정적으로 받아들여 삶의 스트레스를 줄이고 적극적으로 살라는 뜻을 지니고 있다. 이 말이 개인의 정신 건강에는 도움이 될 수 있을 것이다. 하지만 세대 갈등의 해소에는 크게 도움이 되지 않는다. 오히려 이 말을 반대로 하는 것이 더 근본적 해결에 가깝다. 즐길 수 없으면 피하라.

- p. 232

이 책을 완독하고 이제 '2000년대생을 이해하기'에서 벗어나 '2000년대생을 알아가는 한 사람'이 되었다. "사장님은 저를 잠시 구독하고 계신 거예요?" 이 책 뒤표지에 눈에 띄게 실린 문구이다. 구독이라고? 1970년대에 태어나 한 직장에 입사해 힘든 IMF 시기를 겪으며 어떻게든 잘리지 않으려고 애쓰던 입장에서, 한 직장을 평생직장으로 생각하며 다니던 입장에서 보면 이해가 안 되는 말이다. 하지만 책에서 배운 대로 이해하지 않고 2000년대생을 알아가려고 한다. 작가는 2000년대생 등장에 이렇게 말한다.

적어도 회사가 가장 효율적으로 실수할 수 있는 곳이라는 사실을 알려주면 좋겠다. 회사는 돈을 벌기 위해서 다니기도 하지만, 혼자 일할 수 없기 때문에 다닌다는 것을 느끼게 해주면 좋겠다. 회사가 누군가를 착취하기 위해 만들어진 곳이 아니라는 믿음을 주면 좋겠다. 그러면 그들은 뛰어난 동료가 되어 줄 것이다.

- 프롤로그 중에서

2000년대생을 둔 부모들, 또한 그들과 함께 일할 사람들에게 그들을 알아갈 필독서가 되었으면 하는 바람에 이 책을 읽어보길 권한다.

노력 공화국의 불편한 진실에 관한 보고서

『노력의 배신』
김영훈
21세기북스

이원주

라디오 프로그램 중에 〈강원국의 지금 이 사람〉이 있다. 다양한 출연자들이 나와 자신의 일과 삶에 관한 이야기를 들려준다. 어느 날 운전 중 듣기 시작한 사회 심리학자의 이야기는 들을수록 흥미진진했다. 그 후 사회심리학에 대한 호기심이 그의 책 『노력의 배신』을 만나게 했다.

저자 김영훈은 사회심리학자이며 문화심리학자로 현재 연세대학교에서 '노력의 배신' 이라는 강의를 하고 있다. 미국 일리노이대학교에서 사회심리학 박사 학위를 받고 펜실베이니아대학교에서 긍정심리센터 연구원을 지냈다. 2012년 연세대학교에 부임하고 2015년 아시아사회심리학회 '최고의 논문상'을 수상했다.

실패한 사람들이 열심히 하지 못한 자신을 탓하는 모습을 보고, 더는 노력이라는 이름으로 자신과 타인을 가혹하게 대하지 않았으면 하는 바람으로 책을 썼다고 집필 의도를 밝히고 있어 세부 내용이 더 궁금해졌다.

PART 3의 구성으로 PART 1은 '노력의 배신', PART 2는 '노력과 재능의 끝없는 대결', PART 3은 '당신의 성공은 정당한가'로 나누어져 있다. 각 PART별로 각각의 부제와 소제목을 달아 총 27편의 글을 엮었다. PART 1에서는 우리 사회의 현실을 비판하고 사회 현상을 아프도록 꼬집는다. 여기서 새로운 단어 '노력 신봉 공화국'이 등장한다. PART 2는 우리에게 고착화된 노력이라는 관념에 대해 말한다. 2명의 학자 잭 햄브릭 교수와 안데르 에릭슨 교수의 「연습이 완벽을 만들지 않는다」 기고문을 인터뷰 형식으로 재구성하여, '1만 시간의 법칙은 틀렸다'는 자신의 주장을 증명한다. 또

'노력을 많이 하는 사람이 성공한다' 는 것은 우리의 인지적 착각이라 말하며 노력과 재능에 관해 새로운 관점을 제시한다. PART 3은 사회적 성공을 이룬 사람들의 사회적 책무에 관해 이야기한다. 이상적인 사회 건설을 위해 개인이 아닌 정부와 국가가 더 책임의식을 가지고 타고난 재능과 능력을 발휘해 잘 먹고 살 수 있는 사회적 환경과 구조를 만드는 것이 중요하다고 마무리한다.

저자는 대한민국 사회가 얼마나 노력의 힘을 과신하고 있는지 다양한 사례와 비교를 통해 보여주고, 성공과 실패가 노력이 아닌 재능과 운, 특별한 환경 등으로 결정된다는 것을 증명하는 데 중점을 둔다. 또 우리가 노력 신봉 사회를 어떤 시선으로 바라봐야 하며 어떻게 살아가야 할지를 제시한다.

노력만 하면 결국 잘 할 수 있다는 신드롬, 결국 실패의 모든 원인은 개인의 노력 부족에서 온다는 사회적 환상을 '노력 신봉 공화국' 이라 명명한다.

수학 성적을 올리기 위해 매일 7시간씩 일주일에 50

시간 이상 수학 공부에 투자한 문과생의 수학 3등급 이야기는 우리 교육에서 수학이 차지하는 비정한 현실을 보여준다. 노력이 성공의 답이 아니라 문제는 다른 곳에 있음을 얘기한다.

> 동양인에게 실패한 사건이 더 중요하다. 실패한 것은 노력을 통해 반드시 성공으로 만들어야 하고, 그렇게 할 수 있다고 믿기 때문이다. … 반면 미국인들은 실패한 일을 중요하게 생각하지 않는다. 그냥 포기하면 되는 일이다. 노력해도 안 되는 일이기 때문에 별로 신경 쓸 필요가 없다.

- p. 31

이러한 동서양의 사고 차이는 극명하다. 문화적 차이는 문제를 바라보는 관점의 차이로 이어진다. 책에서도 동양인은 '개인은 변할 수 있는 반면 사회는 변할 수 없다'고 생각하고 세상을 외면하지만, 서양인은 '개인은 노력으로 변할 수 없지만 사회는 개인이 모여 문제를 변화시킬 수 있다'고 말한다.

「범죄자는 어떻게 태어나는가」에서 2007년 버지니아 공대 총기 난사 사건의 범인 조승희를 개인의 문제가 아닌 사회구조와 환경의 관점에서 보라고 이야기한다. 변화된 관점으로 세상을 볼 때 문제의 원인과 해결책은 극명히 달라진다. '노력과 재능이 성공에 미치는 영향' (p. 97)에서 그래프와 통계자료에서 학업과 노력은 4%의 상관관계가 있다고 한다, 다시 말해 96%는 노력에 상관없이 자신의 타고난 재능과 환경이 학업성적에 영향을 미친다는 얘기다. 오직 4% 안에 들기 위해서 모두가 전력 질주하며 살고 있다는 이야기가 된다.

노력 공화국에 살고 있는 우리에게는 불편한 진실이 아닐 수 없다.

저자는 수험생 8%의 서울권 대학 진학생, 전문직 종사자, 우수한 스포츠 선수·예술가는 노력만으로 성공했다고 말하지 않는다. 타고난 재능과 능력, 그 재능이 노력을 가능하게 만들고, 우리가 선택할 수 없는 기회와 환경이 성공의 이유라고 자신 있게 말한다. 그렇다면 그러한 재능과 능력, 환경을 갖지 못한 대다수의 사람들은 어떻게 살아가야 할까? 의문이 생기지 않을 수 없다.

저자 나름의 답은 PART 3 '03 노력 신봉 사회에서 살아가는 법'에서 찾을 수 있다. 최선의 노력을 다해 관련된 일의 재능을 찾으려 하고, 최선의 노력으로도 실패했다면 과감한 포기를 할 수 있어야 새로운 희망과 길이 보인다고 말한다. 실패의 원인이 타고난 재능과 관련 있다고 차라리 인정해 버리는 것이 합리적인 생각이라고 말한다.

성공한 이들에게도 '노블레스 오블리주'를 말하며 타고난 재능과 주어진 환경으로부터 혜택을 본 사람들은 나누는 것이 겸손이 아닌 필연적인 의무라고 말한다. 이러한 생각에 사회적 책임이 있는 강자가 사회적 배분에 얼마나 공감할까? 의문이 들 즈음, 신문 기사에서 유명 연예인 부부가 소아암 환자와 미혼모를 위해 1.5억이라는 큰 금액을 기부했다는 소식은 그들의 능력과 재능을 부럽게 만들었다. 마지막으로 하버드 철학과 교수 존 롤스의 '사회적 책임'을 강조하며 마무리한다. 성공과 실패에 대한 모든 책임을 개인에게 묻지 말고 정부와 국가가 적극적으로 개입해야 공부가 유일한 길이 아닌 어떤 재능과 능력을 갖추고 태어나도 잘 먹고 잘 살 수 있는 좋은 사회가 된다고 한다.

아름다운 사회, 건강하고 안정적인 사회, 노력이라는 이름으로 타인을 거칠게 다루지 않고 타고난 것들과 주어진 환경을 인정하고 이해하는 사회가 왔으면 하는 저자의 바람이 꼭 이루어지길 바란다.

문체는 간결하고, 직설적이며, 곳곳에서 뼈를 때린다. 자료와 학설, 통계를 제시해 저자의 주장에 반박할 수 없게 만든다. 왜 우리는 지금까지 이렇게 생각하지 못하고 모두가 죽을 때까지 한곳을 향해 질주하는 세상을 만들어 놓았을까? 무수히 많은 실패에 자신의 노력 부족을 탓한 우리에게 작은 위로가 건네지는 순간이다. 하지만 타고난 능력과 자질을 갖지 못한 대다수의 사람들은 어떻게 살아가야 되는지 구체적인 방향 제시가 부족한 점은 아쉬움으로 남는다.

절대 반품하지 않을 책

「공간이 만든 공간」
유현준
을유문화사

이정인

독서 애호가인 지인이 일전에 구매한 책을 반품했다고 했다. 재미가 없다는 이유에서였다. 나도 책을 출간한 적이 있기 때문에 순간 머리를 얻어맞는 느낌이 들었다. 독자의 편에서 곰곰이 생각해 보았다. 책은 재미가 없고, 읽지 않은 책을 버리려니 책값이 아깝고, 반품하는 것이 가장 현명한 방법이라는 생각이 들기도 했다.

독자는 똑똑하고 현명하다. 구매한 책이 자신을 충족시키는 어떤 일면이 없으면 서슴없이 책을 반품하는 시대가 왔으니 작가는 긴장하지 않으면 안 된다. 내가 구매해서 읽은 책 중에서 절대 반품하지 않을 책을 꼽으라면 유현준 교수가 쓴 『공간이 만든 공간』이다. 작가 유현준 교수는 tvn 〈알쓸신잡〉 프로그램에 출현한 뒤 유명세를 탄 작가로 『어디서 살 것인가』, 『도시는 무엇으로 사는가』 등의 책을 냈다.

이 책은 9장으로 되어있다. 빙하기 농업 발생부터 현재에 이르기까지 내용이 방대하고 책이 비교적 두꺼워 무작정 읽기에 망설여져 여는 글과 닫는 글부터 읽었다. 여는 글에서는 저자의 집필 방향을, 닫는 글에서는 책 내용을 거시적으로 훑어볼 수 있어서 긴 본문 읽기에 적지 않은 도움을 얻을 수 있었다.

『공간이 만든 공간』은 과학 도서도 아니고 건축학 전공 서적도 아닌 인문 교양 도서쯤으로 분류할 수 있을 것 같다. 인류 문화와 연관지어 역사책처럼 건축을 중심으로 방대한 문화의 진화과정을 이야기하고 있다. 문화의 진화과정에서 문화가 어떻게 융합되고 새로운 생각이 어떻게 만들어지는지 추리한다. 개인의 추리이지만 이미 우리가 알고 있는 기본 지식을 토대로 하여 건축과 문화를 작가의 관점에서 기술하고 있어서 믿음직스럽다. 건축학 분야에서 권위가 있는 저자의 분석과 다양한 근거가 뒷받침되고 납득할 만한 논거를 보여주어 전공 서적인 양 착각할 만큼 수긍이 되었다. 건축도면과 건축물 사진, 미술품 사진 등도 글을 이해하는데 한몫을 단단히 한다.

책 내용 중에서 동서양 문화의 차이와 융합 부분과 공간이 인터넷 가상공간으로 확대된 가상 신대륙 시대의 공간 문화를 서술한 부분이 특히 기억에 남는다.

동서양 문화의 차이와 융합은 강수량의 차이에서 발생하는데, 강수량이 적은 서양은 밀 농사가 발달하였고 상대적으로 강수량이 많은 동양은 벼농사가 발달하였다. 밀 농사는 노동력이 많이 필요하지 않으므로 개인주의 성향이 짙고, 벼농사는 일손이 많이 필요하다는 특징으로 집단주의 성향이 강하다. 이러한 특징은 체스와 바둑이라는 놀이문화로 이어졌다.

건축에서는 벽과 기둥을 이용한 형태가 나타난다. 벽 중심의 서양 건축은 건축물 중심으로 밖에서 건축물을 보아야 하고, 기둥 중심의 동양 건축물은 안에서 밖으로 향한 것으로 배산임수라는 말이 여기에 적용되었다. 예로 경복궁 근정전은 안에서 밖을 보아야 올바른 감상이 가능하다는 것이다. 또한 상대적으로 강수량이 적은 서양은 땅이 단단해서 무거운 건축 재료를 사용하고, 강수량이 많은 동양에서는 무거운 재료를 사용하면 무너지기 쉬워 나무 같은 가벼운 재료와 기단을 만드는 건축물이 생겨났다. 문화의 융합은 문화 전달체인 건축물, 공예품, text 등 문화의 유전자 코드와 다른 여러 가지 방식으로 서로 영향을 주면서 변화·발전시켰다.

문화는 에너지 흐름의 과정 중에서 생명이 만들어 낸 2차 부산물이다. 다양한 지리적 배경은 각기 다른 기후를 만든다. 다른 기후는 다른 환경적 제약을 만든다. 이런 환경적 제약 속에서 살아남기 위해 몸부림친 인간 지능의 노력이 건축물이라는 결과물로 나타난다.

- p. 7

지리적 환경의 물리적 조건하에서 모든 문화가 시작되었다는 것, 즉 건축은 기후가 주는 문제에 대한 인간의 물리적 해결이라는 점은 믿지 않을 수 없는 사실이다.

인간의 건축 행위는 일차적으로는 물체를 만드는 것이지만, 최종 목적은 인간이 사용할 수 있는 빈 공간을 만들기 위한 것이다.

-p. 32

건축물을 경제 관점이나 형태 관점에서만 생각했다. 생각을 조금 더 깊이 하더라도 예술적 가치나 문화적 가치, 재료적 측면에서 살피는 것이 고작이었다. 책의 제목인 '공간이 만든 공간'도 공간 속에서 또 다른 공간을 만든다는 의미로 현재 우리는 자신만의 프라이빗한 공간을 만들기 위해 건축 행위를 하고 있다는 뜻이다.

물리적 공간을 더 확장할 수 없는 인류는 가상 신대

류을 발명하였다. 가상공간을 크리스토퍼 콜럼버스가 발명한 신대륙에 빗대어 말한 것도 참 적절하다.

저자는 인터넷 가상공간을 창조적인 생각에 방해되는 요소로 지적하기도 한다.

1970년대 아파트 상가에서 시작된 대형쇼핑몰은 삶에서 자연을 빼앗아 가고 사람을 자연과 격리시켰다. 사람은 더 이상 자연의 변화를 느낄 수 없고 자연은 경제에 밀려난 것이다.

예로부터 골목은 사람이 많이 부대끼는 장소였고 다른 문화를 연결시켜 주는 고리였지만, 골목은 사라지고 복도라는 닫힌 공간이 생겨났다. 골목은 하늘과 달빛과 햇빛이 항상 새로운 풍경을 연출하여 각자 다른 체험을 낳아 창조적인 것으로 확장된다. 그러나 코로나가 시작되면서부터 인터넷 쇼핑이 늘어나고 골목은 사라지고 있다. 배달앱이 바꾼 도시 풍경에는 편의점과 삭막함이 남았다.

사람은 날로 고립된다. 삭막한 도시에 자신만의 프라이빗한 공간을 확보하기 위해 이어폰을 끼고 후드티를 입고 차를 사고 주위의 시선을 차단하기 위해 선팅 지를 유리에 붙인다. 창조적인 생각은 누구나 머무를 수 있는 장소에서 다양한 사람이 모여 다양한 사고가 섞여서 생겨남에도 불구하고 우리는 점점 차단되고 개인화되어 창조적인 생각을 할 공간이 사라져 가고 있다.

자연이라는 공간은 인간이 어떤 방식으로 생존해 나가야 할 것인지 생각하게 만들고 우리는 생각의 결과물로 자연환경에 걸맞은 또 다른 공간을 만들게 된다. 공간의 변화만으로도 생각의 변화를 불러일으키고 생각의 변화는 삶을 변화시킨다는 점에서 공간의 위대함을 다시 생각해 보는 계기가 되었다. 하지만 이 책은 어디까지나 저자의 관점에서 쓰인 책이라는 것을 염두에 두고 읽어야 할 것이다.

오래된 옷이 좋아

『옷을 사지 않기로 했습니다』
이소연
돌고래

이종옥

"카톡"

택배가 도착했다는 알림이 왔다. 언니가 며칠 전에 옷을 정리한다고 전화가 왔었는데 옷을 보내 온 모양이었다. 언니는 옷을 사는 것이 취미이다. 마음에 드는 옷을 보면 꼭 사야지, 안 사면 밤에 잠이 오지 않는다는 사람이다. 덕분에 옷 사는 걸 힘들어하는 나는 언니가 싫증이 난 옷을 받아서 아주 편하게 잘 입는다. 언니가 보낸 옷 중에서 내가 입기에 너무 부담스러운 옷은 헌 옷 수거함에 넣거나 기부하기도 했다. 그런데 내가 그렇게 내놓은 옷이 지구를 돌고 돌아 가난한 나라의 쓰레기 산에 한몫을 하고 있을 거라고는 생각조차 하지 못 했다.

『옷을 사지 않기로 했습니다』의 작가인 이소연은 2019년부터 5년째 새 옷을 사지 않는 삶을 살고 있다. 작가는 기후위기, 환경 등에 관련된 글을 쓰고, 해양환경단체에서 바다를 정화하는 활동에도 참여하고 있다. 생태전환 매거진《바람과 돌》편집위원으로 활동 중이며, 2019년에는 워싱턴에서 미국의 분리배출 및 폐기물 정책 디자인을 연구했다. 2020년에는 국내 재활용 정책 및 현황을 연구했으며 환경 교육 및 특강을 진행하는 등 일상적인 방식으로 기후위기, 그린워싱, 패스트패션의 허와 실을 알리기 위해 노력하고 있다.

『옷을 사지 않기로 했습니다』에서는 옷을 만들기 위한 원자재 생산부터 제조, 유통, 폐기 되는 전 과정에서 일어나는 여러 문제점을 지적하고 있다.

저자는 옷을 만드는 데 필요한 원자재 생산에서부터 환경오염이 시작된다고 말한다. 우리가 입는 옷의 대부분은 석유가 원료인 합성섬유, 즉 플라스틱으로 만들어지는데 2017년 기준 전 세계에서 생산된 섬유의 70%는 합성섬라고 한다. 이 합성섬유는 탄소를 막대하게 배출할 뿐만 아니라 "500년간 썩지 않는 플라스틱 쓰레기"를 남긴다고 한다. 면섬유도 대량 생산을 위해서는 엄청난 양의 농약과 살충제를 살포하기 때문에 주변 환경을 황폐화시킬 수밖에 없다고 한다.

원자재 생산에 이어 옷의 제조 과정에서는 환경오염뿐만 아니라 개발도상국 노동자들에 대한 착취까지 이어지는 현실을 말해 준다.

1989년 패스트패션(디자인에서 판매까지 걸리는 시간을 획기적으로 줄인 의류)이라는 말이 처음 등장했는데 패스트패션의 출현은 폭발적인 자원낭비와 환경오염의 시작을 알리는 신호탄이었다고 한다. 패스트패션의 낮은 가격과 대량 생산은 가난한 나라 여성 노동자의 권리를 박탈하고 착취하는 것에 의존하는데 의류 노동자의 80%가 35세 미만의 여성이라고 한다. 이들 중 많은 사람이 성적 괴롭힘이 난무하고 안전하지 않은 환경에서 시간당 3달러를 벌기 위해 하루에 열네 시간을 일해야만 하는 현실을 알려준다.

패스트패션 회사들이 더 빠른 속도로 옷을 찍어 낼수록 트렌드는 더 빨리 변하고 더불어 버려지는 옷들은 더 많아지는 악순환이 이어져 매초 쓰레기 트럭 한 대 분량의 옷이 버려진다고 한다. 패스트패션 매장에서 팔리지 않은 수많은 옷과 헌 옷 수거함에 버려진 옷들 중 단 5% 정도만 국내 빈티지 매장으로 가고 나머지 95%는 인도, 캄보디아, 필리핀, 칠레, 케냐 등 아시아와 아프리카의 개발도상국으로 수출된다고 적고 있다. 수출된 이 옷들이 개발도상국의 마을에 쓰레기 산을 만들고, 주변 생태계를 오염시키는 현실에 저자는 안타까움을 금치 못한다.

매년 의류 제조에는 물 93조 리터가 쓰이는데 이는 서울 시민의 절반이 1년간 마실 수 있는 양이며, 합성섬유가 만들어내는 미세플라스틱은 전 세계 바다에 5조 개가 넘는 걸로 추산된다고 한다. 합성섬유로 만든 옷 5kg을 세탁하면 미세플라스틱 600만 개가 유출된다고 하며 합성섬유는 자연적으로 분해되기까지 수십에서 수백 년이 걸린다고 한다.

"80억 인구가 매년 옷 800억 벌을 구매하는 기이한 현상을 멈추지 못하면 우리는 지구에서 더 이상 살아남을 수 없다."고 경고하며 "인류와 패션산업이 살아남으려면 새 옷의 공급량과 판매량을 줄여야 한다."고 한다.

"어차피 혼자서 쇼핑을 멈추는 것만으로는 기후위기와 재난으로 범벅이 된 세상을 바꾸지 못한다."고 시인하면서도 "그 대신 모두가 열 벌씩 사던 옷을 한 벌이라도 줄인다면, 또 온라인 쇼핑 택배를 받아보는 대신 중고품에서 내 것을 찾는 기쁨을 알게 된다면, 우리는 스스로 눈치채지 못하는 사이에 전례 없이 커다란 변화를 만들어낼 수 있을" 거라고 희망의 메시지를 남긴다.

작가는 마지막으로 환경에 긍정적인 영향을 미치지 않으면서 친환경적이라 속여 홍보하는 '위장환경주의 (그린워싱)'에 소비자들이 속지 말 것을 당부하며 새 옷을 사지 않고도 자기를 더 자기답게 잘 표현하고 멋지게 만들 수 있는 방법도 공유해 주는 친절을 베푼다.

옷이 플라스틱이라니! 너무 놀라운 사실이었다. 산처럼 쌓여있는 헌 옷 더미 옆에서 여물 대신 옷을 질겅질겅 씹고 있는 소들과, 자신과는 전혀 상관없는 쓰레기 산과 함께 살고 있는 개발도상국의 가난한 이웃들에게 우리는 많이 빚지고 있구나 싶었다. "가늠하기 어려운 큰 숫자들은 때로 문제 상황에 대한 인식을 오히려 방해하고 사실을 흐린다."고 저자가 밝힌 바와 같이 너무 큰 숫자들이 자주 등장해 실감이 잘 나지 않는 아쉬움은 있었다. 하지만 하루도 옷을 입지 않고 살 수 없는 우리들에게 싼 가격의 옷이 우리에게 오기까지의 과정을 생각해 보고 윤리적인 소비를 넘어 가지고 있는 것을 오래오래 쓸 수 있는 궁리를 하게 한다는 점에서, 그리고 그런 실천들이 꼭 필요한 것임을 일깨워 준다는 점에서 의미 있는 글이었다. 언니와도 이 책의 내용을 공유해 보고 싶다. 언니가 어떤 반응을 보일지 자못 궁금하다.

저 여기 있어요

『당신이 잘되면 좋겠습니다』
김민섭
창비교육

주연아

사람은 저마다 다른 결을 가지고 있지만 우리는 서로 연결되어 있다. 누구나 자기만의 용기 있는 목소리를 내는 일은 두렵고 외롭고 불안하다. 그 순간에도 어딘가에서 나의 목소리를 듣는 누군가가 있다면 그와 나는 맞닿아 있는 거다.

저자 김민섭은 2015년 '309동 1201호'라는 가명으로 낸 『나는 지방대 시간강사다』 책으로 유명하다. 그는 대학에서 글을 쓰고 가르치는 일만 했다. 부족한 생활비에 보탬이 되고자 유명 햄버거 물류 상하차 아르바이트를 하며 '왜 지식을 만드는 공간이 햄버거를 만드는 공간보다 사람을 사람답게 대하지 않는가? 라는 큰 물음을 품었다. 그리고 대학 바깥에 더 큰 강의실과 연구실이 있음을 깨닫고 대학에서 나와 대리운전을 하면서 바라본 '사회는 거대한 타인의 운전석이다' 라는 화두로 『대리사회』라는 책을 통해 "나는 주체로 운전하지 않고 사회라는 내비게이션이 시키는 대로 운전"하고 있음을 고백하기도 했다.

『당신이 잘되면 좋겠습니다』는 저자가 그간 써온 책을 집대성한 종합 선물 세트 같다. '한 장의 항공권' 이 만들어 내는 놀라운 이야기를 통해 연결과 연대의 온기가 전해진다. 자신과 닮았을 타인과 글로 만나고 연결될 수 있기를 바라는 저자의 진심이 담겨 있다.

서른다섯 살이 되기까지 외국을 한 번도 가 본 적이 없는 저자는 왕복 7만 원으로 다녀올 수 있는 후쿠오카 여행을 예약하지만, 아이의 갑작스러운 수술로 여행을 포기하고 환불을 받아야만 하는 난감한 상황이 발생한다. 항공사에서는 땡처리 항공권이라 취소 수수료가 비싸다고 했고 환불금은 터무니없이 적은 18,000원이었다. 저자는 아직 2주라는 시간이 남았고 이것은 잘못된 정책이라며 상담원에게 따지고 책임자를 부르고 싶었지만 대학에서 나오면서 다짐한 대로 '나를 닮은 사람들에게는 화를 내지 않기'로 한다. 분노는 그들이 아니라 그들을 감싼 구조를 향해야 한다. 그러한 분노를 잘 간직해 두었다가 나와 닮은 사람들과 함께 분노하고 그것은 잘못된 일이라고 함께 말하면 우리 주변의 잘못된 제도와 문화를 조금씩 바로 잡을 수 있을 것이다. 나와 닮은 개인에게 분노하는 것으로는 무엇도 바꿀 수 없다고 그는 믿는다.

저자는 항공권을 타인에게 양도해 보기로 한다. 조건은 ① 대한민국 남성 ② 같은 이름 '김민섭' ③ 여권 영문 이름의 스펠링과 띄어쓰기까지 완전히 같아야 한다. 쉽지 않은 조건 속에서 어딘가에 반드시 있을, 나 대신 여행을 다녀올, 나와 닮은 사람을 생각하며 SNS에 '김민섭 씨 찾기 프로젝트'라는 글을 올린다. 얼마 후 기적처럼 '93년생 김민섭'을 만나게 되고 놀랍게도 이름도 얼굴도 모르는 많은 사람이 후쿠오카에서 머무를 그의 숙소비, 버스 프리패스, 와이파이 등을 지원했다. 여기서 끝나지 않았다. 출국을 며칠 앞두고 국내 유명 회사에서 '김민섭 씨 찾기 프로젝트'를 인상 깊게 보았다며 프로젝트 펀딩에 활용하기를 희망, 결국 프로젝트가 성공적으로 진행되면서 여행업계에서 전설적인 일화가 되었다.

항공권 환불에 불만을 제기하기보다 타인의 행복을 더 돕고자 시작한 '김민섭 씨 찾기 프로젝트'는 많은 사람이 각자의 자리에서 저마다의 방식으로 타인을 돕고자 했다. 이는 우리는 모두 타인의 처지에서 사유하고 이해하고 있음을, 서로의 닮음을 발견해 내기를 바라고 있음을 알 수 있었다. 누군가는 이것을 놀랍고 따뜻한 연대, 다정하고 정중한 연대라고 표현하기도 했다.

후쿠오카로 떠나는 93년생 김민섭이 출국 전에 작가에게 "그런데 잘 모르겠어요. 왜 사람들이 저를 이렇게 도와줬을까요. 저는 특별할 게 없는 사람이잖아요. 작가님은 저를 왜 도와주시는 거예요?"(p. 105)라고 물었다. 작가는 그런 그에게 멋진 대답을 해 주고 싶었지만 도무지 적합한 답이 떠오르지 않았다. 몇 년 전 자신을 도왔던 사람들에게 한 질문이 떠올랐고, 그들의 답을 93년생 김민섭 씨에게 돌려주기로 했다. "그저, 당신이 잘되면 좋겠다고 생각했어요."라고. 93년생 김민섭은 다음에 03년생 김민섭을 찾아서 아무 이유 없이 여행을 보내주겠다고 했다.

작가는 우리에게 '연대'는 굵은 밧줄처럼 각각을 단단히 묶는 것이라면 '연결'은 눈에 잘 보이지 않는 끈으로 느슨히 이어져 있는 '서로를 발견하는 일'이라고 말한다. 단단한 연대가 아닌 느슨한 연결의 방식은 어쩌면 엄청난 이벤트가 아니라 누군가의 작은 외침에, "저 여기에 있어요."라고 먼저 손 내밀며 '당신이 잘되면 좋겠습니다'라는 마음으로 내가 잡고 있는 끈을 잡아당기면서 낯선 타인과 서로 잘되기를 느끼게 하는 것이 아닐까.

이 책을 읽을 무렵 나는 일터에서 홀로 용기 있는 목소리를 내기 시작한 시기였다. 두렵고, 외롭고, 불안했지만, 저자의 글을 통해 연결이 주는 힘을 알았고 '내가 시작한 일이 타인과 연결고리를 만들고 그 연결고리가 또 다른 타인에게 닿아 모두가 잘되겠구나' 라는 것을 알아차리는 데까지는 그리 오랜 시간이 걸리지 않았다. 어쩌면 이런 일들이 우리가 말하는 선한 영향력이 아닐까? 세상은 혼자 살아가는 것이 아니라 함께 더불어 살아가야 하는 곳이고 타인에 대한 공감이 깊이 필요하다. 지금부터라도 나는 일상에 대한 물음표를 꾸준히 던지며 타인과 연결점을 만들고 그 과정에서 당신이 잘되기 위한 '저 여기 있어요' 연결을 시작하려고 한다.

언젠가 나도 누군가를 돕게 되었을 때 "왜 저를 이렇게 도와주는 겁니까?"라고 묻는다면, "그저, 당신이 잘되면 좋겠습니다." 그렇게 대답할 수 있는 날을 기대해 본다.

조건 없이 누군가를 응원하고 싶은 분들에게 이 책을 전한다. 우리는 언제든 느슨한 끈으로 연결되어 있으니까… 당신이 잘되면 좋겠습니다.

첫 문장이 찾아오는 그 순간

『첫 문장이 찾아오는 순간』
오가와 요코, 김남주 옮김
티라미수

피희열

뭐 하나를 좋아하면 도무지 적당히를 모르는 사람들이 있다. 내가 그렇다. 재즈 하나만 듣더라도 기어코 아날로그까지 손을 대야지만 직성이 풀리는, 지독한 덕후 기질의 소유자. 이뻐 보이는 오브제라면 당장은 쓸 데가 없더라도 미리 사다 두었다가, 언젠가는 그걸 제자리에 두고야 마는 인간. 사물의 제자리란 그렇게 이게 원래 여기에 있었던가 하는 생각이 문득 들게 하는 곳이어야 한다고 나는 믿는다. 문장 또한 마찬가지 아닐까? 걸맞은 문장 하나가 제자리에 놓일 때 비로소 좋은 글이 될 테니까. 좋은 말 대잔치야 누구나 할 수 있다지만, 그걸 죄다 끌어모은다고 해서 글이 좋아지는 건 아닐 테니까.

평소 독서에 관한 책을 좋아하는 편인데 쓰면서는 더 좋아진 탓에, 한동안은 읽고 쓰는 행위에 깊게 파고든 적이 있었다. 이 책도 아마 한참 읽기, 쓰기 뭐 이런 걸 검색하던 그 시절에 만났을 거다. 뭐가 됐든 책부터 먼저 찾아보려는 먹물적 사고방식, 딱히 그런 것도 아니면서. 덕분에 지금도 내 책장 한편엔 그런 책들이 그득하다. 뭐 하나에 꽂히면 열 권 정도는 읽어줘야 직성이 풀리는지라 달리 방법은 없다. 와중에 가장 와닿았던 책은 단언컨대 이 책 『첫 문장이 찾아오는 순간』이었다. 개중에 가장 작고 얇은 책이기도 하지만, 단지 그뿐만은 아니다. 대부분의 책이 좋은 글을 쓰기 위해서는 먼저 좋은 인간이 되어야 한다는 하루아침에 해결하기는 어려운 진리로 귀결되는 반면에 오가와 요코는 고맙게도 훨씬 더 가볍고 현실적인 조언을 건네주니까. 쓰기란 조금씩 마음에 고인 생각에 다만 귀 기울이는 거라고.

이를테면 이 책은 17년을 작가로 살아온 저자가 여태 강연을 통해 밝혀온 읽기, 쓰기, 그리고 창작에 관한 이야기 모음집이다. 1부에서 3부에 이르기까지 각기 다른 공간에서 서로 다른 대상에게 풀어온 말들을 활자라는 형태로 정교하게 각인시킨 언어다. 읽는 사람도 쓰는 사람도 언젠가는 마주하게 될 질문에 대한 대답 스포일러랄까? 책을 좋아했던 한 소녀가 어느덧 어른이 되어 작가가 되기까지 경험과 왜 읽나요? 왜 쓰나요? 어떻게 쓰나요?에 이르는, 읽다 보면 누구나 얻게 될 질문에 대한 섬세한 답이다.

1부 '이야기의 역할'에서는 이야기란 결국 인간의 필요로 인해 만들어졌으며, 작가로서 자신의 역할도 단지 "현실 속에 이미 있지만, 언어로 표현되지 않아서 아무도 모르는 이야기를 찾아 부삽으로 광석을 캐듯 열심히 파내서, 거기에 언어를 부여하는 것"(p. 62)이라며 새로운 이야기란 결코 "내가 생각해낸 것이 아니라 사실은 이미 있었다는 겸허한 마음 자세일 때, 진정한 소설을 쓸 수 있"(p. 62)을 거라는 17년 차 작가라는 타이틀에 걸맞지 않은 고백을 곁들이면서.

2부 '이야기가 태어나는 현장'에서는 교토조형예술대 학생들 앞에서 자신의 대표작인 소설 『박사가 사랑한 수식』을 쓰게 된 배경과 세밀한 창작 과정을 그야말로 현장감 있게 전한다.

> 여러분은 어떤 식으로든 무언가를 만드는 일에 관계하고 있습니다. 전문가든 학생이든, 무언가를 창조하는 데 따르는 근본적인 어려움은 다르지 않다고 생각합니다.
>
> - p. 69

설령 분야는 다를지언정, 창작자라는 입장만큼은 같기에 분명 학생들로부터 많은 공감을 얻었으리라 믿는다. "소설은 말로 쓰는 것이니, 말로 먼저 떠올라야 시작할 수 있지 않을까? 처음에는 저도 그렇게 생각했습니다. 하지만 말보다 말이 되기 전 단계가 먼저 떠오르지 않으면 언어는 생겨나지 않아요. 언어는 언제나 뒤늦게 찾아온다는 느낌"(p. 77)이 드는 것처럼, 무언가를 만들어내기 이전에 무엇을 만들 것인가부터 정하는 게 피차 올바른 순서일 테니까.

3부 '이야기와 나'에서는 그저 읽기를 좋아했던 한 소녀가 작가가 되기까지 책을 통해 비로소 "자기를 존중하면서 타인을 용서하고, 불운을 받아들이고, 우연에서 의미를 찾아낼 수 있게"(p. 135) 되었다고 한다. 그녀는 어려서부터도 책을 보며 "우는 게 싫지 않았습니다. 운다는 걸 알면서도 책을 펼쳤어요. 슬프다는 건 괴롭다는 뜻만은 아닌 듯합니다. 책을 펼친다는 것은 저쪽으로 가고 이쪽으로 돌아오고를 마음대로 반복하는 것"(p. 110)이었으니까.

저자의 이런 말들을 따라가다 보면 내가 왜 책을 좋아하게 되었는지, 하물며 쓰게 되었는지를 다시금 깨닫게 된다. 독서의 효용이란 결국 이런 게 아닐까? 무릇 인간의 사고란 운신의 폭만큼이나 갈수록 좁아지게 마련인지라, 혼자서는 절대 떠올리지 못할 뜻밖의 생각을 책으로 먼저 만나기 위해서. 평상시 미리 읽어 두었다가 정말이지 절박한 그때 필요한 생각 하나 떠올릴 수 있길 간절히 바라며. 이런 생각을 하고 있노라면 책이란 가히 생각의 도구이며, 글이란 나눔을 위한 도구인 것만 같다. 읽고 생각을 거듭하며 나라는 필터로 재정립된 생각을 다시금 나누기 위해서라도 글이란 반드시 필요해지는 거니까.

다음에 쓸 언어를 허둥지둥 찾으려 하지 않고 다만 귀를 기울입니다.

- p. 9

쓰려거든 사람이 먼저 되라고 여느 책처럼 꾸짖기보다는, 일상적이고 현실적인 답을 제시할 만큼 따뜻한 사람. 조금씩 마음에 고인 생각에 먼저 귀를 기울이는 거라고, 쓰는 건 그다음에 해도 될 일이라고. 그렇다. 우선은 마음속에 울리는 내 목소리에 귀 기울일 것, 그렇게 한동안 고이며 숙성된 생각이라야 간신히 글감이라 할 수 있을 테니까. 어쩌면 나는 정작 내 안에 있는 소리조차 귀담아듣지 않으면서, 남들은 내 글을 봐주

길 바라며 채 고이지도 않은 생각을 잘만 써 내려왔던 걸지도 모르겠다. 생각의 욕조가 있다고 가정했을 때 나는 과연 그 생각이 충분히 고일 만큼 숙고하는 시간을 가졌던 걸까? 사고가 얕은 나머지 욕조가 찰랑거리는데도 어쩌다 한 번쯤은 그럴싸한 결과물이 얻어걸리기만을 바라온 건 아니었을까?

누구든 읽다 보면 으레 독서에 관한 책을 찾게 될 거라고 믿는다. 더 잘 읽고 싶다거나, 혹은 쓰고 싶어질 테니까. 그럴 때 꺼내 보면 좋을 책. 읽는 이가 맞이할 또 하나의 숙명이 있다면 그건 결국 쓰게 될 거란 점이다. 혹시나 글이 잘 안될 때 다시 꺼내 봐도 좋을 책. 지금 이걸 읽고 있는 당신이라면 아마도.

"I May Be Wrong"

『내가 틀릴 수도 있습니다』
비욘 나티코 린데블라드, 토마스 산체스 그림, 박미경 옮김
다산초당

홍종인

코로나가 시작되면서 매일 다니던 사우나를 못 가게 되었고, 덕분에 시작한 반신욕이 책을 가까이하게 된 결정적 계기가 되었습니다. 만화책을 시작으로 『삼국지』, 『십팔사략』, 『만리 중국사』, 『토지』, 『도쿠가와 이에야스』, 『객주』, 『조선왕조실록』 등 장르 구분 없이 이것저것 검색해 보고 그동안 읽고 싶었던 책을 구입하고 읽기 시작했습니다. 1년 정도 지난 시점부터는 마음, 상처, 용서, 명상, 기도 등의 키워드로 마음에 평화를 가져다줄 수 있는 책 위주로 읽고 있습니다.

처음엔 반신욕을 하기 위해서 읽었던 책이, 3년이

지난 지금은 읽기 위한 반신욕이 되었고, 그 시간이 너무 행복합니다. 제 생각이 거의 옳다고 믿고, 자기중심적이었던 성격이 책을 읽으면서 조금씩 둥글게 바뀌는 것 같아 50대 중반에 선택한 또 다른 취미인 독서를 정말 잘 시작한 거라고 생각합니다.

저자 비욘 나티코 린데블라드는 1961년 스웨덴에서 태어나 스톡홀름 경제 대학교를 졸업했습니다. 그 후 26살의 젊은 나이에 다국적기업의 임원이 되었으나 사직서를 내고 태국 밀림의 숲속 사원에 귀의해 '나티코', 즉 '지혜가 자라는 자'라는 법명을 받고 스님이 되어 17년간 수행했습니다.

승려로서 지킬 엄격한 계율조차 편안해지는 경지에 이르자, 46세 나이에 사원을 떠나 승복을 벗었습니다. 환속 후에는 사람들에게 혼란스러운 일상 속에서도 마음의 고요를 지키며 살아가는 법을 전하기 시작했습니다.

진정한 자유와 평화에 대한 유쾌하고 깊은 통찰력으로 스웨덴 자국민들에게 널리 사랑받던 그는 2018년

루게릭병을 진단받았습니다. 건강을 급격히 잃어가면서도 사람들에게 용기와 위로를 계속해서 전하던 2022년 1월, 망설임도 두려움도 없이 떠난다는 말을 남긴 채 그만 숨을 거두었습니다.

『내가 틀릴 수도 있습니다』는 그의 이야기와 가르침을 담은 자서전이고 처음이자 마지막 책입니다. 이 책의 또 다른 매력은 쿠바 출신 화가 토마스 산체스의 작품을 감상하는 것입니다. 작품의 내용은 순수하고 거대한 자연과 그 안에 공존하는 지극히 작은 인간의 모습을 담습니다. 주로 숲의 풍경을 그리는데 저자 나티코가 전하고자 하는 메시지와 너무나도 잘 어우러져 독자들에게 잔잔하면서도 깊이 있게 전달됩니다. 저자가 사원을 떠나 스웨덴으로 돌아온 뒤, 한 신문사와 인터뷰 한 내용으로 이야기를 시작하고자 합니다.

"17년 동안 승려로 살면서 배운 가장 중요한 가르침은 무엇입니까?"

"17년 동안 깨달음을 얻고자 수행에 매진한 결과, 머릿속에 떠오른 생각을 다 믿지는 않게 되었습니다. 그게 제가 얻은 초능력입니다."

- p. 7~8

이 질문과 대답이 한참 동안 제 머릿속에 자리 잡아, 고장 난 LP판 튀듯 반복되었습니다. 물론 대부분의 사람들이 많은 생각을 하고 살아가겠지만 저는 특히 생각과 쓸데없는 걱정이 많은 사람입니다. 심리학자 어니 젤린스키의 『걱정에 관한 연구』라는 책 내용 중에 걱정의 40%는 절대 일어나지 않으며, 30%는 이미 일어났던 일이 또 일어날까 미리 걱정하는 것이며, 22%는 사소해서 무시해도 무관하며, 4%는 바꿀 수 없는 어쩔 수 없는 일이라고 합니다. 물론 머릿속에 떠오르는 생각을 무시하고 비우기가 쉽지 않겠지만 저자의 깨달음과 가르침을 저 또한 따르기로 다짐해 봅니다.

우리는 생각을 선택하지 못합니다. 그 생각이 어떤 양상을 취할지도 통제하지 못하지요. 다만 어떤 생각은 더 오래 품으며 고취할 수 있고, 어떤 생각에는 최대한 작은 공간만을 내줄 수도 있습니다. 마음속에 불쑥 떠오르는 생각을 막을 방법은 없습니다. 하지만 그 생각을 믿을지 말지 선택할 수는 있습니다.

- p. 61

저와 가까운 친구들. 지인들과의 의견 차로 인해 불편한 마음을 정리할 때, 불쑥불쑥 떠오르는 생각에 많은 고민을 합니다. 결론은 이해 당사자는 나쁜 사람, 저는 좋은 사람으로 제멋대로 생각하고 정리합니다. 그런데 식사 후 양치질을 까먹은 듯한 느낌이, 저를 계속 따라다니며 괴롭힙니다. 작가가 깨달은 것처럼 제 마음속애 떠오르는 생각을 믿을지 말지, 좀 더 객관적이고 진지하게 생각해 보는 게 맞겠죠? 그리고 제 마음에 평화가 찾아오길 간절히 바라 봅니다.

"나를 괴롭히는 그 사람은"
우리는 우리를 고통스럽게 하는 생각을 굳게 믿습니다.

우리 마음의 고통은, 우리 안에서 끊임없이 이는, 즉 우리가 믿거나 믿지 않는 생각 때문에 일어나지요. 우리의 마음. 그곳이야말로 우리의 고통이 움을 틔우는 곳이며 생육하고 번성하는 곳입니다. 우리가 말리지 않는 한 그 생각은 마음껏 뿌리를 내리고 가지를 뻗을 겁니다. "떠오르는 모든 생각을 믿지 말아야 하는 주된 이유도 바로 여기에 있습니다."

우리가 집착하며 좀처럼 놓지 못하는 어떤 '생각'이 불행감을 초래하는 겁니다. 이 함정에 빠지면 영원히 헤어나올 수 없을 겁니다.

- p. 148~151

저는 좋고 싫음이 표정과 말투에 드러나는 사람입니다. 어리석게도 누군가를 싫어하고 미워하고 불편하게 여길 때, 제 머릿속에 자리 잡은 그 사람에 대한 감정으로 엄청난 기운을 소모하게 됩니다. 이해 당사자와 좀 더 편하게 지내고 싶고, 그 사람이 내 입맛에 맞게 행동했으면 하는 바람이지만, 이 또한 제 욕심이겠지요? 머릿속에 복잡한 생각이 맴돌 때 저자의 가르침대로, 한 발짝 멀어지면서, 제 자신에게 속삭여 보는 상상을 해봅니다. 지금 "떠오르는 생각을 무시하자."고 말입니다.

서로 다름을 인정하며 살아가는 게 참으로 어렵습니다. 머리로는 되는데 마음으로 안 되니 말입니다. 음악을 좋아하다 보니까 성당 성가대에서 활동하고 가끔 기타 동호회에서 버스킹을 나갑니다. 솔직히 말하자면 제가 음주가무飮酒歌舞를 좋아해서 한다고 보는 게 맞겠지요?. 성가대에선 부활절 성탄절 등, 버스킹은 수성못이나 김광석거리 등, 디데이가 잡히면 주 1, 2회 연습을 합니다.

처음엔 제각각의 목소리로 잘 맞지 않지만 시간이 지나면서 지휘자의 능숙한 손놀림과 버스킹 멤버들의 팀워크로 조화로운 하모니가 만들어집니다. 사회생활과 인간관계도 합창, 합주 연습하듯, 다른 목소리, 다른 생각, 서로의 다름을 맞추어 가면서 하면 될 듯한데 잘 안 됩니다. 혼자 노래하는 솔로는 각자의 역량에 따라 평가되겠지만, 함께하는 합창이나 합주는 조화로운 하모니가 만들어져야 보고 듣는 이로 하여금 탄성과 환호가 터져 나온다고 생각합니다.

천주교 신자인 저는 마음이 불편할 때마다 아침 출근길에 성모님께 제 마음속에 늘 평화가 함께해 주기를 바라는 묵주기도를 바치고 조금 마음이 편해짐을 느낍니다. 서로 다름을 인정하고, 내가 먼저 상대방을 있는 그대로 존중해 주고 받아들일 때, 비로소 내 마음에 평화가 찾아온다는 걸 이 책을 통해 다시 한번 느껴 봅니다.

갈등의 싹이 움트려고 할 때, 누군가가 싫어지고 미워하기 시작할 때, 저자가 깨달은 마법의 주문을 따라 해 봅니다.

"내가 틀릴 수도 있습니다."

"내가 틀릴 수도 있습니다."

"내가 틀릴 수도 있습니다."

저의 삐뚤고 뾰족한 마음을, 정으로 때려서 둥글게 만드는 마법의 주문입니다.

■ 학이사독서아카데미 연혁

2016.02.01. 학이사독서아카데미 설립

2016.04.07. 학이사독서아카데미 1기 개강 (주강: 문무학 시인, 장소: 학이사도서관)

2016.05.05. 시민과 함께하는 문학기행 - '완행열차 타고 책 읽기' (동대구-부산 기장, 지정도서: 조두진 소설 『북성로의 밤』)

2016.06.30. 학이사독서아카데미 1기 수료식 (학이사도서관)

2016.08.11. 서평모음집·1 『册을 責하다』 발간, 출판기념회

2016.09.01. 학이사독서아카데미 2기 개강 (주강: 문무학 시인, 장소: 학이사도서관)

2016.10.11. 책방에서 만나다(영풍문고 대백점)

2016.10.22. 시민과 함께하는 책 읽기 - '숲속에서 책 읽기: 숲에서 오감을 마시다' (화원동산)

2016.11.30. 학이사독서아카데미 2기 수료식 (학이사도서관)

2016.12.09. 시민과 함께하는 문학기행 - '대마도 하루 만에 읽기: 소설 『덕혜옹주』 현장을 찾아서' (일본 대마도)

2016.12.20. 독서동아리 '책 읽는 사람들' 설립
제1대 정송 회장 임명

*

2017.01.17. 책 읽는 사람들 독서토론 (『달과 6펜스』, 윌리엄 서머싯 몸)

2017.02.21. 책 읽는 사람들 독서토론 (『구운몽』, 김만중)

2017.03.14. 책 읽는 사람들 독서토론 (『동물농장』, 조지 오웰)

　　　　　　서평모음집·2 『篤하게 讀하다』 발간, 출판기념회

2017.04.06. 학이사독서아카데미 3기 개강 (주강: 문무학 시인,

　　　　　　장소: 학이사도서관)

2017.04.18. 책 읽는 사람들 독서토론 (『삼국유사』, 일연)

2017.05.06. 책 읽는 사람들 매일신문 토요일판 '내가 읽은 책'

　　　　　　코너 시작

2017.05.16. 책 읽는 사람들 독서토론 (『문학이란 무엇인가?』,

　　　　　　장 폴 사르트르)

2017.06.06. 시민과 함께하는 문학기행 - '소설 『현의 노래』 현장

　　　　　　을 찾아서' (경북, 고령)

2017.06.13. 책 읽는 사람들 독서토론 (『이상 소설 전집』, 이상)

2017.06.30. 학이사독서아카데미 3기 수료식

　　　　　　(대구출판산업지원센터)

2017.07.11. 책 읽는 사람들 독서토론 (『한여름 밤의 꿈』, 윌리엄

　　　　　　셰익스피어)

2017.08.22. 책 읽는 사람들 독서토론 (『금오신화』, 김시습)

　　　　　　서평모음집·3 『討論을 討論하다』 발간, 출판기념회

　　　　　　학이사독서아카데미 백승회 원장 (사랑모아통증의

　　　　　　학과 원장) 취임

2017.09.07. 학이사 독서아카데미 4기 개강 (주강: 문무학 시인,

　　　　　　장소: 학이사도서관)

2017.09.18. 책 읽는 사람들 독서토론 (『그리스로마신화 1』, 이윤기 번역)

2017.10.01. 제1회 사랑모아독서대상 - 서평 공모(17.12.29.까지. 주최: 학이사독서아카데미, 사랑모아통증의학과. 후원: 한국출판학회, 매일신문, 한국지역출판연대)

2017.10.16. 책 읽는 사람들 독서토론 (『그리스로마신화 2』, 이윤기 번역)

2017.11.05. 시민과 함께하는 문학기행 - '『삼국유사』 현장을 찾아서' (경북 군위 인각사)

2017.11.20. 책 읽는 사람들 독서토론 (『남아 있는 나날』, 가즈오 이시구로)

2017.11.30. 학이사독서아카데미 4기 수료식 (학이사도서관)

2017.12.18. 책 읽는 사람들 독서토론 (『그리스로마신화 3』, 이윤기 번역)

*

2018.01.15. 책 읽는 사람들 독서토론 (『거꾸로 읽는 그리스로마신화』, 유시주)
제2대 강종진 회장 임명

2018.01.19. 제1회 사랑모아독서대상 시상식 (대구출판산업지원센터 다목적홀), (대상: 민희은, 최우수상: 김준현, 우수상: 허소희)

2018.02.26. 책 읽는 사람들 독서토론 (『욕망이라는 이름의 전

차』, 테네시 윌리엄스)

2018.03.19. 책 읽는 사람들 독서토론 (『무정』, 이광수)

2018.03.26. 서평모음집·4 『文을 問하다』 발간

2018.04.05. 학이사독서아카데미 5기 개강 (주강: 문무학 시인,
장소: 학이사도서관)

2018.04.16. 책 읽는 사람들 독서토론 (『브람스를 좋아하세요』,
프랑수아즈 사강)

2018.04.23. 세계 책의 날 기념 행사 - '책으로 마음 잇기' (감명
깊게 읽은 책 교환하기)

2018.05.12. 지역 어린이를 위한 인형극 공연 - '러시아 지코프
인형극단' (학이사도서관)

2018.05.28. 책 읽는 사람들 독서토론 (『홍길동전』, 허균)

2018.06.06. 시민과 함께하는 문학기행 - '『무영탑』, 현진건 현장
을 찾아서' (경북, 경주)

2018.06.25. 책 읽는 사람들 독서토론(『고도를 기다리며』, 사무엘
베케트)

2018.06.28. 학이사독서아카데미 5기 수료식 (학이사도서관)

2018.07.16. 책 읽는 사람들 독서토론 (『춘향전』, 김광순 역주)

2018.08.01. 제2회 사랑모아독서대상 - 서평 공모(18.11.20.까지.
주최: 학이사독서아카데미, 사랑모아통증의학과. 후
원: 한국출판학회, 매일신문, 한국지역출판연대)

2018.08.20. 책 읽는 사람들 독서토론 (『호밀밭의 파수꾼』, 제롬

데이비드 샐린저)

2018.09.17. 책 읽는 사람들 독서토론 (『무진기행』, 김승옥)

2018.10.15. 책 읽는 사람들 독서토론 (『폭풍의 언덕』, 에밀리 브론테)

2018.11.19. 책 읽는 사람들 독서토론 (『마당 깊은 집』, 김원일)

2018.12.17. 책 읽는 사람들 독서토론 (『설국』, 가와바타 야스나리)

2018.12.21. 제2회 사랑모아독서대상 시상식 (대구출판산업지원센터 다목적홀), (사랑모아 독서상: 김용만, 한국출판학회장 독서상: 김봉성, 학이사독서아카데미 독서상: 손인선) (기업상: 강경숙칠판, 건국철강, 롯데관광대구동구점, 북맨제책사, 성원정보기술, 스페이스&창, 승원종합인쇄, 신흥인쇄, 연합출력, 한일서적, 한터시티, KNC)

*

2019.01.21. 책 읽는 사람들 독서토론 (『눈길』, 이청준)

2019.02.18. 책 읽는 사람들 독서토론 (『지킬박사와 하이드』, 로버트 루이스 스티븐슨)

제3대 배태만 회장 임명

2019.03.18. 책 읽는 사람들 독서토론 (『오만과 편견』, 제인 오스틴)

2019.04.01. 서평모음집·5 『評으로 平하다』 발간

2019.04.04. 학이사 독서아카데미 6기 개강 (주강: 문무학 시인,

장소: 학이사도서관)

2019.04.15. 책 읽는 사람들 독서토론 (『아큐정전』, 루쉰)

2019.04.23. 세계 책의 날 기념 행사 - '책으로 마음 잇기' (423명의 대구시민에게 작가 50인의 책 무료 나눔, 감명 깊게 읽은 책 교환, 교육평론가 윤일현의 '4차 산업혁명과 책' 특강)

2019.05.27. 책 읽는 사람들 독서토론 (『그리스인 조르바』, 니코스 카잔차키스)

2019.06.06. 시민과 함께하는 문학기행 - '『춘향전』 현장을 찾아서' (전북 남원, 삼례)

2019.06.17. 책 읽는 사람들 독서토론 (『마음』, 나쓰메 소세키)

2019.06.27. 학이사독서아카데미 6기 수료식 (학이사도서관)

2019.07.15. 책 읽는 사람들 독서토론 (『데미안』, 헤르만 헤세)

2019.08.19. 책 읽는 사람들 독서토론 (『열하일기 1』, 박지원)

2019.08.20. 제3회 사랑모아독서대상 - 서평 공모 (19.11.20.까지. 주최: 학이사독서아카데미, 사랑모아통증의학과. 후원: 한국출판학회, 매일신문, 한국지역출판연대)

2019.09.16. 책 읽는 사람들 독서토론 (『열하일기 2』, 박지원)

2019.10.21. 책 읽는 사람들 독서토론 (『열하일기 3』, 박지원)

2019.11.18. 책 읽는 사람들 독서토론 (『긴 이별을 위한 짧은 편지』, 페터 한트케)

2019.12.17. 제3회 사랑모아독서대상 시상식 (대구출판산업지원

센터 다목적홀), (사랑모아독서대상: 장창수, 한국출판학회장상: 최성욱, 학이사독서아카데미상: 손인선) (기업상: 강경숙칠판, 건국철강, 걸리버인쇄, 동성패키지, 롯데관광대구동구점, 북맨제책사, 사과나무치과, 상산건설, 성원정보기술, 스페이스&창, 승원종합인쇄, 신흥인쇄, 아이앤피, 연합출력, 예진디자인, 조광포장, 법률사무소조은, 케이앤씨, 한일서적, 한터시티)

*

2020.01.20. 책 읽는 사람들 독서토론 (『방랑자들』, 올가 토카르추크)

2020.02.17. 책 읽는 사람들 독서토론(『모비 딕』상, 허먼 멜빌)

2020.03.16. 책 읽는 사람들 독서토론(『모비 딕』하, 허먼 멜빌)

2020.04.01. 서평모음집·6 『章으로 鏊하다』 발간

2020.04.20. 책 읽는 사람들 독서토론(『한중록』상, 혜경궁 홍씨)

2020.05.18. 책 읽는 사람들 독서토론(『한중록』하, 혜경궁 홍씨)

2020.06.15. 책 읽는 사람들 독서토론 (『페스트』, 알베르 카뮈)

2020.07.20. 책 읽는 사람들 독서토론 (『유배지에서 보낸 편지』, 정약용)

2020.08.24. 책 읽는 사람들 독서토론 (『멋진 신세계』, 올더스 헉슬리)

2020.09.10. 제4회 사랑모아독서대상-서평 공모 (20.11.15.까지.

주최: 학이사독서아카데미, 사랑모아통증의학과. 후
원: 한국출판학회, 매일신문, 한국지역출판연대)

2020.09.21. 책 읽는 사람들 독서토론 (『광장』, 최인훈)

2020.10.19. 책 읽는 사람들 독서토론 (『변신』, 프란츠 카프카)

2020.11.23. 책 읽는 사람들 독서토론 (『사씨남정기』, 서포 김
만중)

2020.12.18. 제4회 사랑모아독서대상 시상 (코로나로 인해 택배
발송), (사랑모아독서대상: 윤은주, 한국출판학회장
상: 김남이, 학이사독서아카데미상: 박선아) (기업상:
강경숙칠판, 건국철강, 걸리버인쇄, 바론마스크, 북
맨제책사, 상산건설, 성원정보기술, 신흥인쇄, 아이
앤피인쇄, 연합출력, 예진디자인, 월드인쇄, 조은법
률사무소, 한일서적)

2020.12.21. 책 읽는 사람들 독서토론 (『위대한 개츠비』, 프랜시
스 스콧 피츠제럴드)

*

2021.01.18. 책 읽는 사람들 독서토론 (『임경업전』, 작자 미상)

2021.01.19. '책으로 노는 사람들'로 독서동아리 명칭 변환

2021.02.15. 책으로 노는 사람들 독서토론 (『안나 카레니나 1』,
레프 톨스토이)

2021.03.15. 책으로 노는 사람들 독서토론 (『안나 카레니나 2』,
레프 톨스토이)

2021.04.19. 책으로 노는 사람들 독서토론 (『안나 카레니나 3』, 레프 톨스토이)

2021.04.23. 세계 책의 날 기념 - 코로나 퇴치 기원 - 향토 작가 '4+23' 초대 도서전 (라일락뜨락 1956, 23일~30일까지 대구 코로나19 기록 도서 4종, 대구 작가 23명 도서 전시)

- 대구 코로나19 기록 도서 4종: 『그때에도 희망을 가졌네』, 『그곳에 희망을 심었네』, 『아침이 오면 불빛은 어디로 가는 걸까』, 『등불은 그 자체로 빛난다』

- 대구 작가 23명: 문무학, 이해리, 채형복, 김종필, 김창제(시), 임언미, 임창아, 천영애, 박기옥(산문), 권영희, 이초아, 한은희, 정순희, 권영세, 서미영, 손인선, 심후섭, 김상삼(아동문학), 윤일현, 이재태, 정홍규, 최상대(인문), 장정옥(소설)

2021.05.17. 책으로 노는 사람들 독서토론 (『마당을 나온 암탉』, 황선미)

2021.06.21. 책으로 노는 사람들 독서토론 (『클라라와 태양』, 가즈오 이시구로)

2021.07.19. 책으로 노는 사람들 독서토론 (『홍보전』, 작자 미상)

2021.08.16. 책으로 노는 사람들 독서토론 (『앵무새 죽이기』, 하퍼 리)

2021.09.02. 학이사독서아카데미 7기 개강 (주강: 문무학 시인,

장소: 학이사도서관)

2021.09.15. 제5회 사랑모아독서대상-서평 공모 (21.11.20.까지. 주최: 학이사독서아카데미, 사랑모아통증의학과. 후원: 한국출판학회, 매일신문, 한국지역출판연대)

2021.09.20. 책으로 노는 사람들 독서토론 (『인간실격』, 다자이 오사무)

2021.10.18. 책으로 노는 사람들 독서토론 (『시가 인생을 가르쳐 준다』, 나태주)

2021.11.15. 책으로 노는 사람들 독서토론 (『붉은 수수밭』, 모옌)

2021.11.25. 학이사독서아카데미 7기 수료식 (학이사도서관)

2021.12.20. 책으로 노는 사람들 독서토론 (『크리스마스 캐럴』, 찰스 디킨스)

매일신문 토요일판 '내가 읽은 책' 코너 200회 기념 서평모음집 『내가 읽은 책-200권의 책, 200가지 평』 발간

2021.12.23. 제5회 사랑모아독서대상 시상식 (학이사도서관), (사랑모아독서대상: 손인선, 한국출판학회장상: 이은주, 학이사독서아카데미상: 박수자) (기업상: 가람섬유, 건국철강, 라일락뜨락1956, 북맨제책사, 뷰티코하트, 사과나무치과, 상산건설, 스타커뮤니케이션즈, 엄복득장학회, 예진디자인, 월드인쇄, 정명희소아청소년과, 정순희독서논술마을, 한일GnT Speech, 한

터시티건축)

*

2022.01.17. 책으로 노는 사람들 독서토론 (『인연』, 피천득)
제4대 최지혜 회장 임명

2022.02.21. 책으로 노는 사람들 독서토론 (『명상록』, 마르쿠스
아우렐리우스)

2022.03.21. 책으로 노는 사람들 독서토론 (『방망이 깎는 노인』,
윤오영)

2022.04.18. 책으로 노는 사람들 독서토론 (『수상록』, 미셸 드 몽
테뉴)

2022.05.16. 책으로 노는 사람들 독서토론 (『백초당 아이』, 정순희)

2022.06.01. 시민과 함께하는 문학기행 - '미당 서정주의 자취를
찾아서' (전남 고창)

2022.06.15. 서평모음집·7 『作은 嚼이다』 발간

2022.06.20. 책으로 노는 사람들 독서토론 (『베이컨 수상록』, 프
랜시스 베이컨)

2022.07.18. 책으로 노는 사람들 독서토론 (『애정은 기도처럼』,
이영도)

2022.08.22. 책으로 노는 사람들 독서토론 (『에머슨 수상록』, 랄
프 왈도 에머슨)

2022.09.01. 학이사독서아카데미 8기 개강 (주강: 문무학 시인,
장소: 학이사도서관)

2022.09.15. 제6회 사랑모아독서대상 - 서평 공모 (22.11.20.까지.
　　　　　주최: 학이사독서아카데미, 사랑모아통증의학과. 후
　　　　　원: 한국출판학회, 매일신문, 한국지역출판연대)

2022.09.19. 책으로 노는 사람들 독서토론 (『인간실격』, 다자이
　　　　　오사무)

2022.10.17. 책으로 노는 사람들 독서토론 (『상처는 별의 이마로
　　　　　가려야지』, 김남이)

2022.11.21. 책으로 노는 사람들 독서토론 (『얼어붙은 여자』, 아
　　　　　니 에르노)

2022.11.24. 학이사독서아카데미 8기 수료식 (학이사도서관)

2022.12.19. 책으로 노는 사람들 독서토론 (『딸깍발이』, 이희승)

2022.12.23. 제6회 사랑모아독서대상 시상식 (학이사도서관), (사
　　　　　랑모아독서대상: 김준현, 한국출판학회장상: 김남이,
　　　　　학이사독서아카데미상: 이경애)

　　　　　(기업상: SC DESIGN LAB, 건국철강, 다품문화예술협
　　　　　회, 라일락뜨락1956, 북맨제책사, 뷰티코하트, 사과나
　　　　　무치과, 엄복득장학회, 연합출력, 예진디자인, 월드인
　　　　　쇄, 월드투어, 정명희소아청소년과의원, 지역과인재,
　　　　　한일GnT Speech, 한터시티건축)

＊

2023.01.16. 책으로 노는 사람들 독서토론 (『세월』, 아니 에르노)

2023.02.20. 책으로 노는 사람들 독서토론 (『지금 조선의 시를 쓰

라』, 박지원)

2023.03.20. 책으로 노는 사람들 독서토론 (『대성당』, 레이먼드 카버)

2023.04.17. 책으로 노는 사람들 독서토론 (『라쇼몽』, 아쿠타가와 류노스케)

2023.05.15. 책으로 노는 사람들 독서토론 (『죄와 벌 1』, 표도르 도스토예프스키)

2023.06.19. 책으로 노는 사람들 독서토론 (『죄와 벌 2』, 표도르 도스토예프스키)

2023.07.17. 책으로 노는 사람들 독서토론 (『순교자』, 김은국)

2023.08.20. 서평모음집·8 『書를 序하다』 발간

2023.08.21. 책으로 노는 사람들 독서토론 (『안네의 일기』, 안네 프랑크)

2023.09.07. 학이사독서아카데미 9기 개강 (주강: 문무학 시인, 장소: 학이사도서관)

2023.09.18. 책으로 노는 사람들 독서토론 (『무녀도』, 김동리)

2023.10.16. 책으로 노는 사람들 독서토론 (『1984』, 조지 오웰)

2023.11.20. 책으로 노는 사람들 독서토론 (『가을날의 꿈 외』, 욘 포세)

2023.11.30. 학이사독서아카데미 9기 수료식 (학이사도서관)

2023.12.18. 책으로 노는 사람들 독서토론 (『트렌드 코리아 2024』, 김난도 외)

제5대 김준현 회장 임명

2023.12.30. 책으로 노는 사람들 매일신문 토요일판 '내가 읽은
책' 코너 끝(총 335회)

*

2024.01.15. 책으로 노는 사람들 독서토론 (『무기여 잘 있거라』,
어니스트 헤밍웨이)

2024.02.19. 책으로 노는 사람들 독서토론 (『베니스의 상인』, 윌
리엄 셰익스피어)

2024.03.04. 책으로 노는 사람들 소모임 (『도둑 맞은 집중력』, 유
발 하리)

2024.03.18. 책으로 노는 사람들 독서토론 (『관촌수필』, 이문구)

2024.04.01. 책으로 노는 사람들 소모임 (『인간의 뇌』, 리타 카터)